Limbo

SOMMAIRE

8. Qui est Ruby ?

SON LYCÉE ? ILS M'INDIQUERAIENT SÛREMENT OÙ LA TROUVER...
GARDE LA TÊTE FROIDE ! INSPIRE À FOND ET RÉFLÉCHIS... QUELLES SONT LES OPTIONS ?
À MOINS QUE LA LOI NE LE LEUR INTERDISE ?
J'ÉTAIS CERTAINE D'AVOIR LA BONNE ADRESSE, POURTANT...
JE... JE ME SERAIS TROMPÉE ?
PEUT-ÊTRE QU'ELLE NE VIT MÊME PLUS ICI.
BIIIP
4A 4B
3A 3B
2A 2B
1A 1B
MAIS ENFIN ?! JE NE SAIS PAS NON PLUS OÙ ELLE ÉTUDIE ! IL DOIT Y AVOIR DES TAS DE LYCÉES, DANS CETTE VILLE...
JE NE PEUX PAS FRAPPER À CHAQUE PORTE AVEC MES QUESTIONS !
...
PAS DE RÉPONSE.

MES PROFS ME LE RÉPÈTENT SANS CESSE !
SI JE NE PARLE PAS PLUS FORT, PERSONNE NE M'ÉCOUTERA !!
VOUS POURRIEZ M'AIDER ?
EUH...
EXCUSEZ-MOI !
PARDON...
C... CETTE ADRESSE...
JE SENS L'ANGOISSE MONTER...
ET JE ME RETROUVE COINCÉE AVANT MÊME D'AVOIR COMMENCÉ !
POURQUOI JE N'ARRIVE À RIEN QUAND JE SUIS SEULE ?!
J'AI DÉJÀ EU DU MAL À ARRIVER ICI...
LA PERSONNE QUI VIT ICI...
TU PLEURES ? ON DIRAIT QUE CE N'EST PAS TON JOUR...
TU N'AS PAS L'AIR EN FORME...
EST ABSENTE À CETTE HEURE-CI.
TIENS ? QUI EST CETTE FILLE ?

ÇA ALORS !
TU ES LE SOSIE DE MON AMIE NADINE !
!
QUOI, TU CONNAIS NADINE ?!
AH, EUH...
BIEN SÛR.
OUF, TU N'AS PAS UNE TÊTE DE STALKEUSE. COMME TU TOURNAIS EN ROND EN PARLANT TOUTE SEULE, JE M'INQUIÉTAIS...
DÉSOLÉE SI MON COMPOR-TEMENT T'A ALARMÉE...
AH BON, TU VIENS D'UNE AUTRE RÉGION ?
TU N'AS PAS EU PEUR DE FAIRE UN SI LONG TRAJET SEULE ?
SI, ET PAS QU'UN PEU...
J'AI FRÔLÉ LA CRISE D'ANGOISSE QUATRE FOIS...
...
MAIS JE PRÉVOYAIS CE TRAJET DEPUIS UN MOMENT, ET JE VOULAIS ME PROUVER...
QUE JE POUVAIS RÉUSSIR SANS L'AIDE DE PERSONNE.

TU AS VAINCU TA PEUR POUR TE RENDRE DANS UN LIEU INCONNU...
AVEC JUSTE UNE ADRESSE SUR UN BOUT DE PAPIER.
LÀ, J'AI EU PEUR...
TU DEVRAIS LE CRIER SUR TOUS LES TOITS !
C'EST IMPRES-SIONNANT !
TU DEVRAIS RELEVER LA TÊTE, PARLER FORT ET ÊTRE FIÈRE DE TOI !
JE SUIS SÛRE QU'ELLE SERA RAVIE DE TE VOIR !
ARGH, JE CROIS QUE JE STRESSE ENCORE PLUS...
TU PEUX ME PARLER D'ELLE ?
DE NADINE ?
DÉJÀ, ELLE A UN FORT TEMPÉRAMENT !
CROIS-MOI, TU NE VEUX PAS LA VOIR FURAX...
MAIS ELLE EST TRÈS LOYALE ENVERS SES AMIS.
QUAND LES AUTRES M'EMBÊTENT PARCE QUE JE SUIS BIZARRE...
ELLE SURGIT TOUJOURS AU BON MOMENT POUR ME DÉFENDRE.
C'EST COMME SI ELLE AVAIT UN RADAR QUI DÉTECTE MES PROBLÈMES.
TU PARLAIS TOUTE SEULE DANS LES WC DES FILLES, L'AUTRE JOUR !

POURQUOI VOUS PERDEZ VOTRE TEMPS AVEC MOI ?
SI VOUS VOUS EN FOUTEZ...
POURQUOI TU RIGOLES, L'OVNI ?
QUOI ?!
OU ALORS TU CHERCHES À ATTIRER L'ATTENTION ?
NORMAL QU'ON TE TRAITE DE FOLLE !
MAIS TOUT LE MONDE S'EN FOUT, DE TOI !
HÉ HÉ...
CONCLUSION, JE COMPTE BIEN PLUS POUR VOUS QUE VOUS POUR MOI !
ARRÊTE DE TE LA JOUER !
VOUS M'ACCORDEZ VOTRE ATTENTION ALORS QUE JE NE VOUS AI RIEN DEMANDÉ.
VOUS, LÀ-BAS !
SOURIEZ, VOUS ÊTES FILMÉS !
TAP TAP TAP TAP TAP TAP
CHEESE ?

CHEESE, IMBÉCILE !!
SPAF
ET BIM...
PUIS BAM !
ELLE LES A TOUS BUTÉS !
QUOI ?!
OK, J'EXAGÈRE UN PEU...
MAIS ILS NE M'ONT PLUS JAMAIS EMBÊTÉE.
ENFIN, ON A TOUS ÉTÉ PUNIS POUR S'ÊTRE BAGARRÉS...
ELLE A L'AIR GÉNIALE.
ELLE L'EST !
NADINE...
EST LA MEILLEURE AMIE DU MONDE !

VOILÀ OÙ EN SONT LES CHOSES, AU SIÈGE.
RIEN DE BIEN NEUF DEPUIS MA DERNIÈRE VISITE.
MAIS PAS DE NOUVELLES, BONNES NOUVELLES, HEIN ?
VOUS CONNAISSEZ MON PÈRE... EN GÉNÉRAL, QUAND IL QUITTE LA VILLE, C'EST CALME.
JE DOIS Y ALLER...
MAIS JE REVIENDRAI DÈS QUE POSSIBLE.
J'APPORTERAI UN LIVRE À VOUS LIRE.
JE SUIS NAVRÉE, SON ÉTAT NE S'EST PAS AMÉLIORÉ...
MAIS IL NE S'EST PAS DÉTÉRIORÉ NON PLUS. C'EST BON SIGNE, VU SON ÂGE AVANCÉ.

VOUS ÊTES QUELQU'UN DE BIEN, LIAM.
JE NE CROIS PAS...
J'AI MES RAISONS DE VENIR.
PARFOIS, JE ME DEMANDE À QUOI RIME TOUT ÇA.
MÊME S'IL NE VOUS RÉPOND PAS, IL VOUS ENTEND PEUT-ÊTRE...
VOS VISITES LUI SONT BÉNÉFIQUES, J'EN SUIS SÛRE. ELLES LE MAINTIENNENT EN CONTACT AVEC LA RÉALITÉ.
CRASH
BAM
PAF
PARDONNEZ-MOI, LA RÉSIDENTE DE LA 214 FAIT UNE NOUVELLE CRISE...
COMME À CHAQUE FOIS QUE SA FILLE VIENT LA VOIR.
SA FILLE ?

ELLES SONT PARMI NOUS ! LES CRÉATURES DE L'ENFER TENTENT DE TE DUPER !
ELLES PARLENT PAR TA BOUCHE ! NE LE VOIS-TU PAS ?! ELLES SONT LÀ, ELLES NOUS OBSERVENT !
ELLES VONT PRENDRE TON ÂME, CAR TU ES FAIBLE !
VIENS PRIER AVEC MOI, RUBY !
TU DOIS PRIER POUR LE SALUT DE TON ÂME !

ILS VONT PRENDRE ...
INJECTEZ-LUI VITE UN SÉDATIF !
NON ! ELLES SONT PARMI NOUS !!
DU CALME, MADAME !!
TAISEZ-VOUS ! DIEU N'ENTEND PAS NOS SUPPLIQUES !!
LE MONDE EST TROP BRUYANT !
MA PETITE RUBY...
BEUH, J'AI ENVIE DE VOMIR...
QUI VOIS-TU QUAND TU ME REGARDES, MAMAN ?
QUI ?
D'OÙ SORT CE NOM ?
POURQUOI JE M'ACCROCHE À L'ESPOIR QU'UN JOUR, ELLE ME RECONNAÎTRA ?

QUI EST CETTE RUBY, À LA FIN ?!
AH...
SALUT.
TU FRÔLES LE HARCÈLEMENT, LÀ !
JE TE JURE QUE C'EST UN HASARD...
JE RENDAIS VISITE À UN PARENT, HOSPITALISÉ POUR DÉMENCE.
TU M'AS SUIVIE ICI CAR TU AS ASSISTÉ AU SPECTACLE, JE SUPPOSE ?
D'UNE FAÇON OU D'UNE AUTRE...
RIEN N'ÉCHAPPE À LA PUISSANTE FAMILLE LEGENDRE, DANS CETTE VILLE.
PARDON, JE NE VOULAIS PAS ÊTRE INDISCRET.
ON DIRAIT QUE LE DESTIN S'ENTÊTE À CROISER NOS CHEMINS.
N'IMPORTE QUOI. LE DESTIN N'EXISTE PAS...
IL N'Y A QUE LA RÉALITÉ TANGIBLE, CE QU'ON PEUT VOIR, TOUCHER...
RIEN D'AUTRE.

PARLE-MOI, NADINE.
QU'EST-CE QUI TE MET DANS CET ÉTAT ?
ARRÊTE...
ARRÊTE DE FEINDRE UN INTÉRÊT POUR MOI JUSTE POUR MAINTENIR TON IMAGE DE GENTIL GARÇON.
TU M'AS LAISSÉE TOMBER POUR LIEZA.
TU AS DÉCIDÉ DE JETER NOTRE AMITIÉ À LA POUBELLE.
POURQUOI TU NE ME LAISSES PAS TRANQUILLE ?!
TU N'AS PAS L'HABITUDE QU'ON TE PARLE SUR CE TON...
MAIS MÊME AVEC TOUT L'OR DU MONDE, ON NE PEUT PAS TOUT AVOIR.
NADINE !

JE SUIS TRÈS SÉRIEUX. TU DOIS SORTIR DE CET ENGRENAGE AVANT QU'IL NE SOIT TROP TARD...
TROP TARD POUR QUOI ?
POUR REVENIR EN ARRIÈRE.
...
CE N'EST PAS DU CINÉMA. JE SUIS VRAIMENT INQUIET POUR TOI.
QUE TU LE CROIES OU NON, JE ME SOUCIE DE TOI ET JE NE VEUX PAS TE VOIR SOUFFRIR.
JE N'AI AUCUNE INTENTION DE TE SERMONNER, ET ENCORE MOINS DE TE JUGER.
NOUS NE SOMMES PLUS AUSSI PROCHES QU'AVANT...
MAIS JE SUIS TOUJOURS LÀ POUR TOI.
J'AIMERAIS POUVOIR T'OFFRIR UN REFUGE QUAND TU TE SENS ABAN-DONNÉE.

JE ME TAIRAI, SI TU VEUX...
MAIS LAISSE-MOI AU MOINS T'ÉCOUTER.
DES GENS COMME MA MÈRE.
LE SUJET SEMBLAIT SENSIBLE, MAIS ELLE EST REVENUE COMME SI DE RIEN N'ÉTAIT.
ET LÀ, ELLE M'APPREND QU'ELLE A PASSÉ TOUT CE TEMPS ENFERMÉE AVEC DES GENS DÉCONNECTÉS DE LA RÉALITÉ...
ELLE M'A DIT ÊTRE RESTÉE ICI PENDANT SIX MOIS.
UN JOUR, ELLE N'EST PLUS VENUE EN COURS ET LES PROFS ONT PARLÉ D'ABSENCE TEMPORAIRE.
ILS N'ONT PAS DONNÉ DE DÉTAILS, ET PERSONNE N'A CHERCHÉ PLUS LOIN.
TU PARLES D'AURORA ?

ELLE DEVAIT CROIRE QUE TU LE SAVAIS.
COMME TU L'AS SI BIEN DIT, LES LEGENDRE ONT LE BRAS LONG.
CET HÔPITAL EST GÉRÉ PAR UNE SOCIÉTÉ DE NOTRE RÉSEAU...
POURTANT, JE N'AI APPRIS SA PRÉSENCE QU'APRÈS PLUSIEURS MOIS.
CE N'ÉTAIT PAS À MOI DE T'EN PARLER. JE PENSAIS QU'ELLE LE FERAIT ELLE-MÊME, LE MOMENT VENU.
C'ÉTAIT SANS DOUTE TROP TE DEMANDER, OUI...
MAIS JE N'AI JAMAIS RIEN SU, CAR JE NE LUI AI JAMAIS POSÉ LA QUESTION.
ELLE AVAIT RAISON.
POURQUOI N'AI-JE PAS DIRECTEMENT ABORDÉ LE SUJET ?
JE N'ARRÊTE PAS DE RESSASSER CETTE HISTOIRE.
JE NE COMPRENDS PAS, TOUT EST SI BIZARRE...
MA TÊTE VA FINIR PAR EXPLOSER !!
QUAND ELLE M'A ACCUSÉE D'AVOIR ÉTÉ LA CAUSE DE SON INTERNEMENT, JE N'AI PAS PU NIER. POURTANT, JE N'AI AUCUNE IDÉE...
DE CE QUE J'AI BIEN PU LUI FAIRE. JE NE ME SOUVIENS DE RIEN.

DEPUIS PRESQUE UN AN, JE ME SENS SI OPPRESSÉE QUE J'ÉTOUFFE...
JE N'ARRIVE PAS À ME DÉBARRASSER DE CETTE HORRIBLE SENSATION...
DE PASSER À CÔTÉ DE QUELQUE CHOSE D'EXTRÊMEMENT IMPORTANT.
PARFOIS, JE ME DEMANDE SI CE N'EST PAS MOI QUI VIS DANS UNE RÉALITÉ ALTERNATIVE.
PEUT-ÊTRE QU'AURORA VOIT VRAIMENT LA VIE SOUS UN ANGLE PLUS LARGE...
TANDIS QUE MOI, JE REFUSE D'ACCEPTER L'EXISTENCE D'UN AUTRE MONDE QUE JE NE PERÇOIS PAS.
NADINE ...
ET SI JE ME TROMPAIS ?
SI JE VENAIS DE CET AUTRE MONDE QUI M'EST INVISIBLE, MAIS BIEN RÉEL ?
SI CE MONSTRE QUI ME POURSUIT N'ÉTAIT PAS QUE DANS MA TÊTE ?
NON !

LES MONSTRES N'EXISTENT QUE QUAND ON CROIT EN EUX...
C'EST AINSI QU'ILS PRENNENT VIE.
EN NIANT LEUR EXISTENCE, TU LEUR REFUSES TOUT POUVOIR SUR TOI...
ET TU LES EMPÊCHES DE PRENDRE LE DESSUS.
CROIS-MOI, NADINE...
CAR CET ENDROIT EST REMPLI DE PAUVRES ÂMES MISÉRABLES TOMBÉES SOUS L'INFLUENCE DE CES MONSTRES.
DE QUOI TU PARLES, LIAM ?
HEIN ? EUH...
JE SUIVAIS LE FIL DE TON RAISONNEMENT.
POUR MOI, CROIRE EN L'INVISIBLE N'EST PAS UN MAL EN SOI...
IL FAUT SIMPLEMENT ÉVITER QUE CES IDÉES EMPIÈTENT SUR LA RÉALITÉ ET NOUS TROUBLENT L'ESPRIT.

PARDON, JE DIVAGUE ENCORE.
COMME TU LE SAIS, LE FONCTION-NEMENT DE L'ESPRIT HUMAIN ME PASSIONNE.
NON, J'AI COMPRIS OÙ TU VOULAIS EN VENIR...
POUR REVENIR SUR CE QUI TE PRÉOCCUPE, TES PROBLÈMES AVEC AURORA SONT DUS À UN MANQUE DE COMMUNI-CATION.
J'ENFONCE DES PORTES OUVERTES, MAIS...
LA SOLUTION EST SIMPLE : VOUS PARLER POUR ARRONDIR LES ANGLES. VOUS EN AVEZ BESOIN TOUTES LES DEUX.
JOUE CARTES SUR TABLE ET FAIS-LUI SAVOIR QU'ELLE PEUT COMPTER SUR TOI.
VOUS AVEZ TOUJOURS ÉTÉ SI PROCHES ! JE VOUS ENVIAIS MÊME UN PEU, À UNE ÉPOQUE.
SOYEZ SINCÈRES ET TOUT IRA BIEN, JE T'ASSURE.
J'AVAIS PRESQUE OUBLIÉ...
CE QUE JE RESSENS...
QUAND IL SOURIT JUSTE POUR MOI.

JE NE SAIS JAMAIS À QUOI M'ATTENDRE, AVEC TOI.
TU ES PARTOUT, ET POURTANT TU GARDES TES DISTANCES.
JE NE TE COMPRENDS PAS DU TOUT...
TU N'ES NI LOIN, NI PROCHE DE MOI...
OÙ ES-TU, LIAM ?
JE SERAI LÀ OÙ ET QUAND TU EN AURAS BESOIN...
JE N'AI JAMAIS CESSÉ DE ME CONSIDÉRER COMME TON AMI.
ARRÊTE TON NUMÉRO !!
OUILLE...

NADINE...
J'ESSAIERAI DE PARLER AVEC AURORA AVANT QUE LA SITUATION N'EMPIRE.
MERCI DE M'AVOIR ÉCOUTÉE.
ENFIN, PASSONS...
J'AI DE PLUS GROS SOUCIS POUR L'INSTANT !
OUI ?
NON, CE N'EST RIEN D'IMPORTANT. BONNE CHANCE AVEC AURORA.
MAIS NOOON, MEC !

?!
CETTE SCÈNE AURAIT DÛ FINIR SUR UN BAISER !
JE LE VOYAIS VENIR, POURTANT !
BEL ?!
VOUS ÉCOUTIEZ AUX PORTES DEPUIS LE DÉBUT ?!
NON, SEULEMENT DEPUIS QU'ON A VU LES CŒURS DANS VOS YEUX.
POURQUOI TU NE LUI AVOUES PAS QUE TU ES RAIDE DINGUE D'ELLE DEPUIS LA PREMIÈRE FOIS QU'ELLE T'A BATTU, QUAND ON ÉTAIT GOSSES ?
JE VAIS M'EN CHARGER, DU COUP !
SURTOUT PAS !
VROOOM
ÇA T'EST ÉGAL QU'ELLE TE CROIE EN COUPLE AVEC LIEZA GARLAND ?
JE N'AI JAMAIS CONFIRMÉ CETTE RUMEUR. ELLE EST NÉE ET S'EST PROPAGÉE TOUTE SEULE.
JE NE SUIS PAS RESPONSABLE DE CE QUE LES GENS RACONTENT.
TU NE L'AS JAMAIS DÉMENTIE NON PLUS. TU L'AS LAISSÉE COURIR ET TU L'AS ALIMENTÉE...

SI ÇA PEUT MAINTENIR UNE DISTANCE ENTRE NADINE ET MOI, TANT MIEUX.
JE PRÉFÈRE QU'ELLE M'EN VEUILLE PLUTÔT QUE LA MÊLER À CETTE FAMILLE.
T'ES PAS NORMAL, FRÉROT. COMMENT TU FAIS POUR GARDER LA TÊTE FROIDE EN TOUTES CIRCONS-TANCES ?
PAS ÉTONNANT QUE TU SOIS LE CHOUCHOU DE PAPA...
ÇA TE PERMET DE RESTER LIBRE DE TON CÔTÉ, NE TE PLAINS PAS.
JE NE ME SUIS PAS PLAINT.
SINCÈREMENT, JE N'AIMERAIS PAS ÊTRE À TA PLACE.
PERSONNE N'ATTEND RIEN DE MOI, ÇA A SES AVANTAGES...
JE PEUX ME RENDRE INVISIBLE À VOLONTÉ.
COMMENT VA LE VIEUX ?
COMME D'HABITUDE.
POURQUOI TU TIENS À LE VOIR SI SOUVENT ?
DANS SON ÉTAT, IL NE TE RECONNAÎT MÊME PLUS.

ÊTRE MON OMBRE EST TON JOB ?
IL FAUT QUE TU COMPRENNES QUE TES AFFAIRES SONT AUSSI LES MIENNES.
J'AI BEAU ÊTRE INUTILE AUX YEUX DE PAPA, JE PRENDS MON JOB AU SÉRIEUX.
OUAIS, ET C'EST HYPER MAL PAYÉ.
RIEN NE T'OBLIGE À M'ACCOMPAGNER.
CE SONT MES AFFAIRES, BEL.
AH, JE VOIS...
LA MISSION AURORA EST ENTRE DE BONNES MAINS.
SI TU INSISTES, JE CONTINUERAI À TE CONFIER DES TÂCHES QUE SEULE UNE OMBRE PEUT ACCOMPLIR.
ALORS, LE VIREMENT DU MOIS S'INTITULERA "BEIGNETS" !
VITE, SANS RÉFLÉCHIR !
QUELLE EST LA PREMIÈRE CHOSE QUE ÇA T'ÉVOQUE, SERA ?
LES BEIGNETS DE MORUE DE MA GRAND-MÈRE. UNE TUERIE.
CE QUI ME RAPPELLE QUE C'EST PRESQUE L'HEURE DE DÎNER !

POURQUOI TU PRENDS DES NOMS D'ALIMENTS ? C'EST RIDICULE.
PLUS C'EST RIDICULE, PLUS C'EST SÛR !
ET LES BEIGNETS, ALORS ? J'AVAIS TROP ENVIE D'EN MANGER, MOI...
DE QUOI AS-TU PEUR ?
MAIS AVANT TOUT, DE LA DÉCEVOIR...
DE TROP DE CHOSES POUR LES COMPTER !
ET SI ELLE NE M'AIMAIT PAS ?
SI ELLE N'AVAIT AUCUNE ENVIE DE ME CONNAÎTRE ?
ÇA NE CHANGERA STRICTEMENT RIEN.
TU REPARTIRAS COMME TU ES ARRIVÉE : LES MAINS DANS LES POCHES.

J'Y PENSE, TU NE M'AS PAS DONNÉ TON NOM...
OH !
RASSURE-TOI, JE T'AIDERAI DE MON MIEUX !
TU N'AS RIEN À PERDRE À PART DU TEMPS, ET TOUT À GAGNER !
JE M'APPELLE...
RUBY.

J'AI RÊVÉ ?
FRRRR
AURORA ! JE DOIS LUI PARLER !
TAP TAP TAP
SLAM
ATT...
ZIIIM
?!

BROOOM
QUE SE PASSE-T-IL ?!
MAIS ?!
CRAC
CRAC
AURORA !!
AÏE !!
RUBY.
ARRÊTE ! JE NE COMPRENDS RIEN !

C'ÉTAIT L'ANNÉE DERNIÈRE...
DANS LA BOUCHE D'AURORA.
ELLE S'APPELLE RUBY.
C'EST TA...
MA QUOI ?
ÇA Y EST... JE ME RAPPELLE OÙ J'AI ENTENDU CE NOM.
IL FAUT QUE JE SACHE !

C'EST LÀ QUE TOUT A COMMENCÉ, JE LE SENS...
QUI EST RUBY ?
QUI EST-ELLE ?

RUBY EST...
TA PETITE SOEUR.

Limbo

9. Le monstre déchaîné

IL Y A CINQ ANS, UN DEUIL INATTENDU A DÉVASTÉ MA VIE.
Arielle Edelweiss
LE CHOC A RÉVEILLÉ LE MONSTRE QUI DORMAIT DANS UN RECOIN DE MON CŒUR...

UNE PARTIE DE MOI QUE J'AVAIS DU MAL À MAÎTRISER, FAUTE DE LA CONNAÎTRE.
CELA M'A OUVERT LES YEUX, ET J'AI COMMENCÉ À DISCERNER DES CHOSES QUE JE NE POUVAIS...
OU NE VOULAIS PAS VOIR AVANT.
J'AI ÉTÉ CONFRONTÉE À LA RÉALITÉ INJUSTE ET EFFROYABLE DE CE MONDE...
LE PAYS EN FLAMMES
QUE LES HUMAINS ABÎMAIENT TOUJOURS PLUS.
INCENDIES VOLONTAIRES
J'AI EU BEAU LUTTER JOUR APRÈS JOUR CONTRE CE MONSTRE...
IL N'A JAMAIS CESSÉ DE GRANDIR.
ALORS, QUAND LE SECOND CHOC EST ARRIVÉ, JE N'AVAIS PLUS LA FORCE DE RÉSISTER.

QUAND LE MONSTRE PRENAIT LE DESSUS, IL ME VENAIT DES IDÉES ATROCES.
PERSONNE NE M'AIME.
RIEN NE VAUT LA PEINE QUE JE ME BATTE.
CE MONDE EST IRRÉCU-PÉRABLE.
L'HUMANITÉ...
ME DÉGOÛTE.
JE VEUX MOURIR.
LEUR ÉCHO DANS MA TÊTE ME RONGEAIT DE L'INTÉRIEUR.

ELLES M'AVAIENT PRESQUE ENTIÈREMENT CONSUMÉE…
ET JE TOUCHAIS MES LIMITES DU DOIGT QUAND J'AI COMPRIS QUOI FAIRE.
J'AI ENFERMÉ À LA CAVE LE MONSTRE, AVEC LES PENSÉES ET SOUVENIRS ENVAHISSANTS QUI M'EMPÊCHAIENT D'AVANCER.
QUAND LA RÉALITÉ EST TROP DOULOUREUSE, ON PRÉFÈRE SOUVENT L'IGNORER POUR SE RÉFUGIER DANS UNE DOUCE ILLUSION.
ALORS ON RIT ET ON DANSE, DANS UNE SORTE DE MASCARADE…
EN ESPÉRANT QUE CE MENSONGE COUVERT DE DORURES ET DE PAILLETTES DEVIENNE VRAI.
MAIS JE N'AI JAMAIS PU TOTALEMENT M'ÉCHAPPER…
CAR LE MONSTRE, MÊME PRISONNIER, ÉTAIT TOUJOURS LÀ…
BIEN VIVANT.
DE TEMPS EN TEMPS, UN ÉLANCEMENT DANS MON DOS ME LE RAPPELAIT.

QU'EST-CE QUE CETTE MAISON FAIT LÀ ?
TIENS ?
MINUTE... OÙ SUIS-JE ? DANS LA FORÊT ?
ORION ?
...
AH, OUI. HIER SOIR...
HAA... HAA...
AURORA...
TU N'ABUSERAIS PAS DU POUVOIR DE TON SPECTRE ?
HAA...

TU VEUX BIEN ME LÂCHER UN MOMENT ?
...
HAA
HAA
HAA
LES HUMAINS ONT LEURS LIMITES...
CE DERNIER COMBAT ÉTAIT DÉJÀ TROP POUR TOI.
ORION...
HAA...
JE VAIS JUSTE "DORMIR"...
JE SERAI TOUJOURS LÀ, MAIS SANS TE GÊNER.
J'IGNORE À QUEL POINT LA NATURE DE NOTRE PACTE LE PERMET...
MAIS TU AS UN MOYEN DE ME LAISSER SEULE ?
ENTENDU. JE PEUX AU MOINS ESSAYER.
PFF
APPELLE-MOI AU BESOIN, D'ACCORD ?
...

CETTE GRILLE EST OUVERTE ...
ZAAA— AAM
POF
OUI...

C'EST UN BEL ENDROIT...
POUR MOURIR.
RESPECTE LES LIEUX ET ÉVITE, TU VEUX ?
HEIN ?!
CETTE VOIX...
LIEZA ?!
MINCE, J'HAL-LUCINE ?
SI OUI, ON EST DEUX.
QU'EST-CE QUE TU FABRIQUES CHEZ MOI ?
CHEZ TOI ?!

WOW ! COMPARÉ À MON STUDIO, C'EST UN PALAIS !
COMMENT ...
AS-TU TROUVÉ CET ENDROIT ?
JE NE SAIS PAS TROP.
J'ÉTAIS PERDUE DANS MES PENSÉES. JE NE ME SOUVIENS NI DU CHEMIN...
NI DU TEMPS QUI S'EST ÉCOULÉ.
JE VOULAIS M'ÉLOIGNER DU MONDE, ALORS J'AI JUSTE MARCHÉ...
SANS DESTINATION PRÉCISE...
ET MES JAMBES M'ONT MENÉE À TOI. QUELLE IRONIE !
?
TU VEUX UN COUP DE MAIN ? JE N'AI PAS ENVIE DE RENTRER CHEZ MOI.
TU FAISAIS QUOI ?
JE TAILLAIS QUELQUES PLANTES ET J'ARRACHAIS LES MAUVAISES HERBES.
TU SAIS JARDINER ?
ABSO-LUMENT PAS.
JE LE CRAI-GNAIS... TIENS !

TCHAC
SWIP
TCHAC
DIS...
TU AS DES SOUCIS ?
TU ES PLUS SILENCIEUSE QUE D'HABITUDE.
ÇA T'ENNUIE ?
NON, ÇA M'ÉTONNE.
C'EST À CAUSE DE CE QUI S'EST PASSÉ AU MUSÉE ?
TU ES HUMAINE, TU AS DÛ ÊTRE PLUS AFFECTÉE QUE NOUS.
TCHAC

...
J'AI PARLÉ AVEC NADINE.
VOILÀ MON SOUCI.
TON AMIE ?
POURQUOI ÇA ?
CLANG
ELLE ME REND FAIBLE !
ELLE N'EST PAS UNE TARE.
SE FROTTER AUX ONIRIOS N'EST JAMAIS UNE BONNE IDÉE.
ARRÊTEZ DE TOUJOURS TOUS ME RENVOYER À MON HUMANITÉ !
SERAIT-CE DE LA CURIOSITÉ ?
POSER TANT DE QUESTIONS NE TE RESSEMBLE PAS.
JE PERÇOIS BEAUCOUP DE NON-DITS DERRIÈRE TES PAROLES.
EN RÉALITÉ, J'IGNORE CE QUE TU AS EN TÊTE, ET ÇA M'INQUIÈTE.
NON... J'IGNORE CE QUE C'EST.

ÇA T'INTÉRESSE TANT DE LE CONNAÎTRE ?
CES NON-DITS NOURRISSENT LE MONSTRE QUI VIT EN MOI.
QUOI ?
SI TU VEUX ENQUÊTER SUR MOI, C'EST TON JOUR.
AVEC TOI, PAS BESOIN DE SAUVEGARDER LES APPARENCES.
?
J'AI DÉJÀ TOUT PERDU UNE FOIS POUR AVOIR ÉTÉ SINCÈRE AVEC LA MAUVAISE PERSONNE.
C'EST-À-DIRE ?
NADINE A UNE SŒUR...
MAIS ELLE NE LE SAIT PAS.
ELLE A REFUSÉ DE M'ÉCOUTER.

ÇA N'A PAS DE SENS...
COMMENT PEUX-TU LE SAVOIR ET PAS ELLE ?
FACILE. ELLE EST MORTE...
ET MOI, JE L'AI VUE.
AU DÉBUT, LA PETITE N'EN ÉTAIT PAS CONSCIENTE.
ELLE AVAIT L'AIR SI NORMAL QUE JE N'AI PAS TOUT DE SUITE PERCUTÉ QU'ELLE ÉTAIT UN FANTÔME.
ENFANT, NE PAS SAVOIR DISCERNER LES VIVANTS DES MORTS M'A CAUSÉ PAS MAL DE SOUCIS...
MAIS JAMAIS ...
UN DÉSASTRE DE CETTE AMPLEUR.

N'IMPORTE QUOI !
TU SAIS TRÈS BIEN QUE JE SUIS FILLE UNIQUE !
JE N'AI PAS D'AUTRE SŒUR QUE TOI, AURORA !
FRSH
PFUIT
ALLEZ, PASSONS...
PUISQUE TU ES LÀ, VIENS MANGER UN BOUT !
OH, NON...
J'AI ENCORE GAFFÉ !
AURORA, J'AI FAIM !
EUH, J'ARRIVE...
JE SUIS DÉSOLÉE.
LIAM A FILÉ À LA FIN DE L'ENTRAÎNEMENT...
DOMMAGE POUR LUI !

MINCE, ILS ONT BARRÉ L'AVENUE PRINCIPALE...
ON DOIT FAIRE UN DÉTOUR POUR RENTRER CHEZ NOUS.
POURQUOI ÇA ?
UN ACCIDENT. DEUX VOITURES SE SONT RENTRÉES DEDANS AU CARREFOUR...
UN CHAUFFEUR A PERDU LE CONTRÔLE ET RENVERSÉ PLUSIEURS PASSANTS...
UNE GAMINE EST MORTE, JE CROIS.

L'accident de ce matin a fait plusieurs blessés, qui ont été secourus par les services d'urgence puis transportés à l'hôpital.
Une adolescente de treize ans a subi l'impact de plein fouet. Grièvement blessée, elle est décédée dans l'ambulance.
SI JE SUIS MORTE...
...
COMMENT PEUX-TU ME VOIR ?
JE TE L'AI DIT, JE SUIS SPÉCIALE.

C'EST MARRANT. MAINTENANT QUE JE LE SAIS...
JE N'AI PLUS PEUR.
TU N'AS PLUS TA PLACE ICI-BAS. TU DOIS PASSER DANS L'AU-DELÀ.
ET SI JE N'Y ARRIVE PAS ?
DANS LES FILMS, IL Y A TOUJOURS UNE LUMIÈRE ÉBLOUISSANTE QUI GUIDE VERS LE CIEL...
MAIS MOI, JE N'AI RIEN VU DE TEL.
QU'EST-CE QUE JE VAIS DEVENIR ?
TU POURRAIS M'AIDER...
À PARLER AVEC NADINE ?
PEUT-ÊTRE QU'AINSI, J'OBTIENDRAI DES RÉPONSES...
ET COMMENT JE SUIS CENSÉE M'Y PRENDRE ?
COMMENT LUI AVOUER QU'ELLE A UNE SŒUR DONT ELLE IGNORE TOUT...
ET QUI A CONNU UNE MORT VIOLENTE APRÈS AVOIR FUGUÉ POUR LA RENCONTRER ?

QUELLE MAUVAISE BLAGUE !
CEPENDANT, LE TEMPS JOUAIT CONTRE ELLE…
TANT QUE L'AFFAIRE QUI L'AVAIT AMENÉE NE SERAIT PAS RÉSOLUE.
ELLE EN SERAIT INCAPABLE …
LES JOURS SE SONT SUCCÉDÉS, ET RUBY N'A PAS LÂCHÉ NADINE UNE SECONDE.
GRR !
SOS FANTÔMES
ET J'ÉTAIS LA SEULE À POUVOIR LUI APPORTER LA PAIX NÉCESSAIRE POUR SE LIBÉRER.
JE VOULAIS MATER UNE SÉRIE, CET APRÈS-MIDI !
TU AS VU L'HEURE QU'IL EST ? TOUT LE MONDE EST PARTI !
SI, C'EST GRAVE !
T'INQUIÈTE, ON A RÉUSSI À EFFACER LE TAG !
SI JE CHOPE L'ABRUTI QUI A FAIT ÇA, JE L'EXPLOSE !!
RAH !

DIS, NADINE...
TU TE RAPPELLES, QUAND J'AI PARLÉ DE RUBY ?
IL FAUT QUE TU SACHES UN TRUC...
TU NE VAS PAS RECOMMENCER AVEC MA SŒUR CACHÉE ?
JE SAIS, C'EST INCROYABLE... MAIS C'EST VRAI.
ELLE A BESOIN DE TE PARLER POUR TOURNER LA PAGE.
ELLE EST VENUE ICI POUR TE RENCONTRER, ET...
ELLE EST MORTE JUSTE AVANT DE POUVOIR LE FAIRE.
RÉFLÉCHIS UN PEU, AURORA...
SI J'AVAIS UNE SŒUR, JE LE SAURAIS !
SAUF QUE TES PARENTS ONT DIVORCÉ QUAND TU ÉTAIS TOUTE PETITE !

ET TU N'AS JAMAIS REVU TON PÈRE DEPUIS. COMMENT PEUX-TU EN ÊTRE CERTAINE ?!
IL S'EST INSTALLÉ DANS UNE AUTRE RÉGION, TANDIS QUE TA MÈRE...
EST RETOURNÉE CHEZ SES PARENTS AVEC TOI, SANS PARLER À PERSONNE DE SON AUTRE FILLE !
J'IGNORE CE QUI LES A POUSSÉS À UN CHOIX AUSSI CRUEL...
MAIS ÇA EXPLIQUE QUE TA FAMILLE NE SOIT PAS AU COURANT DE L'EXISTENCE DE RUBY.
DEPUIS QU'ELLE A TOUT DÉCOUVERT, ELLE RÊVE DE TE RENCONTRER !
CONNAÎTRE SA GRANDE SŒUR ÉTAIT SON SEUL DÉSIR...
ALORS ELLE NE PEUT PLUS TE QUITTER !
DIT À VOIX HAUTE, ON CROIRAIT UNE TÉLÉ-NOVELA !
AURORA...

JE TE L'AI DÉJÀ EXPLIQUÉ PLUSIEURS FOIS.
ELLE DOIT PASSER DE L'AUTRE CÔTÉ. SINON, ELLE VA ERRER SANS BUT, ET ELLE...
AURORA, ARRÊTE.
TU AS POUSSÉ LE JEU TROP LOIN, TU NE CROIS PAS ?
QUOI ?
COMMENT...
PEUX-TU ME FAIRE ÇA ?
QUEL JEU ?
TES HISTOIRES DE FANTÔMES ET D'AU-DELÀ.
OK, C'ÉTAIT MARRANT AU DÉBUT...
TON MONDE A LONGTEMPS ÉTÉ UN REFUGE, ET J'ÉTAIS HEUREUSE QUE TU LE PARTAGES AVEC MOI...
MAIS JE CROIS QUE TU COMMENCES À CONFONDRE RÉALITÉ ET FICTION.

IL EST TEMPS DE GRANDIR ET DE LAISSER CES FABLES DERRIÈRE TOI, NON ?
SINON, TU SERAS OSTRACISÉE TOUTE TA VIE...
ET MOI AUSSI.
SOS FANTÔMES
ON N'A PLUS TROIS ANS.
S'IL TE PLAÎT, ARRÊTE AVEC TOUT ÇA.
JE NE VAIS PAS ME BATTRE INDÉFINIMENT POUR TE DÉFENDRE.
...
ZIM

POUR ELLE...
TOUT ÇA N'EST QU'UN JEU ?
JE SUIS DÉSOLÉE.
JE NE VOULAIS SURTOUT PAS TE CAUSER DU TORT...
AURORA...
JE...
NON !
RIEN DE TOUT ÇA NE SERAIT ARRIVÉ...
SI JE N'AVAIS PAS ESSAYÉ DE T'AIDER !

JE NE VEUX PLUS JAMAIS TE REVOIR !
J'AI ÉTÉ INJUSTE AVEC RUBY, JE LE SAIS.
MAIS J'ÉTAIS TROP FÂCHÉE POUR M'EN RENDRE COMPTE…
ET LE PIRE RESTAIT À VENIR.
QUAND JE SUIS RENTRÉE CHEZ MOI, CE SOIR-LÀ, J'Y AI TROUVÉ LA MÈRE DE NADINE.
VOUS DEVRIEZ METTRE CETTE FILLE À LA RUE POUR DE BON ! ÇA FAIT DES ANNÉES QUE JE TOLÈRE SES DÉLIRES PAR CHARITÉ !
CALMEZ-VOUS…
ELLE INVENTE DES HISTOIRES ROCAMBOLESQUES SUR MA FAMILLE ET MOI, MAINTENANT ! C'EST LE POMPON !
NORMAL QU'ELLE SOIT SI PROBLÉMATIQUE, ELLE EST NÉE D'UNE IMPIE !
TELLE MÈRE, TELLE FILLE !
VOUS AVEZ RAISON, MADAME ALCARAZ. NOUS VEILLERONS À CE QUE ÇA NE SE REPRODUISE PAS.
NOUS SOMMES NAVRÉS !
NADINE AVAIT TOUT RACONTÉ.

JE N'AURAIS JAMAIS DÛ LUI FAIRE CONFIANCE.
TSS...
VLAM
J'AI COMPRIS, DE LA PIRE DES FAÇONS, QUE PERSONNE N'ACCEPTERAIT JAMAIS MA RÉALITÉ.
AURORA... CETTE FOIS, TU AS POUSSÉ LE BOUCHON TROP LOIN !
QUAND NOUS T'AVONS ACCUEILLIE, NOUS AVONS ACCEPTÉ TON IMAGINATION DÉBORDANTE...
MAIS CE TRAIT QUI SEMBLAIT INOFFENSIF POURRAIT CACHER UN PROBLÈME PLUS GRAVE.
NOUS HÉSITIONS DEPUIS UN MOMENT À TE LAISSER AUX SOINS DE PROFESSIONNELS...
LA DÉCISION N'ÉTAIT PAS FACILE À PRENDRE. J'ESPÈRE QUE TU COMPRENDRAS QUE C'EST POUR TON BIEN.

BAM
BAM
BAM
MÊME SI CE NE SONT POUR L'INSTANT QUE DES AFFABULATIONS...
SI TON TROUBLE S'AGGRAVAIT, TU POURRAIS FAIRE DU MAL À QUELQU'UN.
BAM
BAM
CE NE SONT PAS DES AFFABULATIONS !
BAM
J'AI TOUJOURS DIT LA VÉRITÉ !
AAAAARRGH !

ON M'A DIAGNOSTIQUÉ UNE SCHIZOPHRÉNIE PARANOÏDE...
ET ON M'A ADMINISTRÉ UN TRAITEMENT POUR COMBATTRE MES PRÉTENDUES HALLUCINATIONS.
ÉVIDEMMENT, ÇA N'A FAIT QU'EMPIRER LES CHOSES. JE VOYAIS DES MONSTRES PARTOUT...
J'AVAIS PEUR D'OUVRIR LES YEUX.
J'AI PERDU LA NOTION DU TEMPS, PLUS RIEN N'AVAIT D'IMPORTANCE.
ÊTRE VIVANTE OU MORTE, POUR MOI, C'ÉTAIT DU PAREIL AU MÊME.
À MA SORTIE, MON ENVIRONNEMENT M'EST APPARU SOUS UN JOUR NOUVEAU.
LE MONDE ME SEMBLAIT PLUS HOSTILE QU'AVANT...
IL ÉTAIT POURRI ET TOMBAIT EN LAMBEAUX.
JE POUVAIS ÊTRE POIGNARDÉE DANS LE DOS À TOUT MOMENT...
CAR TELLE EST LA NATURE HUMAINE.

RUBY N'ÉTAIT QU'UNE VICTIME DE PLUS DE CE MONDE SANS PITIÉ...
JE NE L'AI PAS REVUE DEPUIS CE JOUR-LÀ.
ÇA TE LAISSE DE MARBRE, PAS VRAI ?
APRÈS TOUT, CE N'EST QU'UNE BANALE HISTOIRE DE FANTÔMES !
...
LE PIRE A ÉTÉ DE DÉCOUVRIR QUE POUR NADINE, TOUT ÇA N'ÉTAIT QU'UN JEU PUÉRIL...
UNE SIMPLE RÉBELLION CONTRE LES CROYANCES QU'ON TENTAIT DE LUI IMPOSER.
J'AI ÉTÉ IDIOTE. ELLE NE M'A PAS CRUE UNE SECONDE !!
HÉ HÉ...
POURQUOI TU RIS ?
ÇA ME SOULAGE DE PARLER AVEC QUELQU'UN QUI SAIT QUE JE NE MENS PAS.
TU AS BEAU ÊTRE INCAPABLE DE ME COMPRENDRE ...
JE ME SENS PLUS LÉGÈRE.

EFFECTIVEMENT, JE NE PEUX PAS "COMPRENDRE" TES ÉMOTIONS ...
TOUTEFOIS, J'AI BIEN REMARQUÉ LE DÉCALAGE...
ENTRE TON SOURIRE ET TON RESSENTI.
TU VOIS LE MONDE SOUS UN JOUR TRÈS DIFFÉRENT DU RESTE DE L'HUMANITÉ.
DANS CETTE RÉALITÉ À LAQUELLE AUCUN DE TES PAIRS N'A ACCÈS, TU DOIS TE SENTIR...
UN PEU SEULE.
?

NE TE CACHE PAS...
LAISSE-MOI VOIR TON HUMANITÉ !!

TU ES UNE VRAIE CASSE-PIEDS...

ALORS POURQUOI...
SUIS-JE SI CURIEUSE DE DÉCOUVRIR CE QUE RENFERME TON CŒUR ?

Limbo

10. Un cœur silencieux

JE PENSE QUE NOUS POUVONS CONCLURE CETTE RÉUNION...
AU NOM DE MON PÈRE ET DU GROUPE LEGENDRE, JE VOUS REMERCIE POUR VOTRE GÉNÉREUSE CONTRIBUTION !!
CET ACCORD SERA CERTAINEMENT PROFITABLE AUX DEUX PARTIES.
J'ESPÈRE QUE NOTRE FRUCTUEUSE COLLABO-RATION SE POURSUIVRA !!
BIEN SÛR, MONSIEUR.
TU M'AS IMPRESSIONNÉ, PETIT.
IL EST ÉVIDENT QUE TU SERAS UN EXCELLENT SUCCESSEUR POUR TON PÈRE.

Enregistrement audio
Sauvegarde...
PSHHH
RÉPUGNANT !!
TOC TOC
ENTRE, SERA.
EXCUSEZ-MOI, MONSIEUR LIAM...
TÉLÉPHONE POUR VOUS.
À CETTE HEURE ?
DIS-LEUR DE RAPPELER DEMAIN.

C'EST LA GRAND-MÈRE DE NADINE...
ELLE EST INQUIÈTE ET DEMANDE À VOUS PARLER EN PERSONNE.
QUOI ?
NADINE A UN PROBLÈME ?
COMMENT ÇA, ELLE N'EST PAS RENTRÉE ?
JE L'AI CROISÉE CET APRÈS-MIDI, MAIS ELLE EST PARTIE DE SON CÔTÉ...
OUI, JE VOIS...
AURORA EST ELLE AUSSI AUX ABONNÉS ABSENTS ...
MERCI DE M'AVOIR PRÉVENU.
RASSUREZ-VOUS, JE M'OCCUPE DE TOUT.

JE LA RETROU-VERAI.
J'ENTENDS UN BATTEMENT.
CE N'EST SÛREMENT QUE CELUI DE MON PROPRE CŒUR...
IL BAT SI FORT QU'IL RÉSONNE À MES OREILLES.
?
MAIS DANS SA POITRINE À ELLE, PAS UN BRUIT...
ET SON REGARD EST AUSSI FROID QUE D'HABITUDE.

QU'EST-CE QUI SE CACHE LÀ-DEDANS ?
AURORA ?
ÇA NE VA PAS ?
JE ME SENS MAL...
COMME ÇA, D'UN COUP ?
NON, MAIS JE PRENAIS SUR MOI JUSQU'ICI.
...
AH.
TU AS MANGÉ UN TRUC PAS FRAIS ?
NON ...
C'EST... AUTRE CHOSE.

COMMENT TU TE SENS ?
BIEN, MAIS...
TU N'ÉTAIS PAS OBLIGÉE DE M'ATTENDRE À LA SORTIE.
CLAC
AH, JE T'AI MISE MAL À L'AISE ? J'EN SUIS NAVRÉE.
SI ÇA TE RASSURE, JE N'AI RIEN ENTENDU DE BIZARRE.
GH...
CE N'EST PAS GRAVE.
SILAS T'A APPORTÉ DE L'IBUPROFÈNE. PRENDS-EN UN ET REPOSE-TOI UN MOMENT.
ON A DES CHAMBRES LIBRES, RESTE DANS CELLE-CI AUTANT QUE TU VOUDRAS.
QUELLE GÉNÉROSITÉ.
TU CROYAIS QUE JE T'ABANDONNERAIS DANS LE BOIS ?

LIEZA ...
MOUI ?
SI JE RENONCE À MON HUMANITÉ ...
TU POURRAS ME CHANGER EN ANGE, COMME TOI ?
!
JE T'AI RACONTÉ MES MALHEURS ...
À TON TOUR DE ME PARLER.
ÇA NE MARCHE PAS COMME ÇA. UN CONSEIL : OUBLIE CETTE IDÉE.
POUR DEVENIR UN ANGE, TU DOIS D'ABORD MOURIR...
PUIS SATISFAIRE TOUT UN TAS DE CONDITIONS AFIN D'AVOIR UNE CHANCE.
LE JEU N'EN VAUT PAS LA CHANDELLE.
RIEN NE GARANTIT QUE TU DEVIENDRAS UN ANGE, ÇA NE DÉPEND PAS DE TOI.
DE QUI, ALORS ?
NE ME DIS PAS QUE DIEU EXISTE ?
NADINE FERAIT UNE ATTAQUE ...

J'IGNORE SI ON PEUT EMPLOYER CE TERME, MAIS UNE SORTE DE DIVINITÉ RÈGNE DANS L'AU-DELÀ...
UN ANGE SUPRÊME QUI DÉCIDE DU DESTIN DES ÊTRES INFÉRIEURS.
CETTE ENTITÉ ÉVALUE SI ON A L'ÉTOFFE D'UN ANGE...
MAIS PEU L'ONT VUE EN PERSONNE.
SÉRIEUX ?
ON EST QUITTES, ALORS REPOSE-TOI EN SILENCE.
TU VAS ME PLANTER LÀ ?! MAIS JE VEUX EN APPRENDRE PLUS SUR TOI !
TU SAIS TOUT CE QUE TU AS À SAVOIR.
MERDE, LIEZA !
TU N'AURAIS PAS RACONTÉ DES BOBARDS JUSTE POUR QUE JE TE LÂCHE LA GRAPPE ?!
SPOF
BEUUH...

AUCUN DOUTE, ELLE EST BIEN HUMAINE.
COMMENT SE PORTE MADEMOISELLE AURORA ?
ELLE N'A RIEN DE GRAVE.
CE SONT, EUH... DES TRUCS DE FILLE.
AH, D'AC-CORD.
ÇA PASSERA.
JE NE COM-PRENDS PAS...
LES HUMAINS SONT CENSÉS ÊTRE DOUÉS D'EMPATHIE...
SAVOIR INTERPRÉTER LES SENTIMENTS DE LEURS SEMBLABLES, CAR ILS ÉPROUVENT LES MÊMES...

POURTANT, ILS SONT SOUVENT INCAPABLES DE SE COMPRENDRE.
LEURS IDÉES ET RESSENTIS DISCORDANTS CRÉENT DES CONFLITS ENTRE EUX.
BIEN ENTENDU...
LES HUMAINS ONT LEURS LIMITES, ET NOUS LES NÔTRES.
LEUR CŒUR ET SES MULTIPLES STRATES NE SONT PAS FACILES À CERNER.
QU'EST-CE QUE ÇA FAIT...
D'ÉPROUVER TOUTES CES CHOSES ?
NE RESSASSEZ PAS CE GENRE DE QUESTIONS. CELA NE VOUS APPORTERA RIEN DE BON.
LES ÉMOTIONS HUMAINES SONT UN TABOU POUR LES ANGES.
OUI, JE SAIS...
MAIS ICI-BAS, NOUS Y SOMMES FORCÉMENT EXPOSÉS...
AU POINT OÙ J'EN SUIS, UN PEU DE CURIOSITÉ NE CHANGERA PAS GRAND-CHOSE, NON ?
S'IL VOUS PLAÎT, MADEMOISELLE...

APRÈS TOUT, TON REJET D'AURORA ET TA SOLLICITUDE ENVERS MOI...
NE SERAIENT-ILS PAS DES ÉMANATIONS DE TON HUMANITÉ REFOULÉE ?
IL EST IMPOSSIBLE D'ÉCHAPPER À L'INFLUENCE DE CE MONDE.
ON Y TROUVE TROP DE COULEURS, TROP DE SAVEURS...
TROP D'INDIVIDUS...
TOUS SI SEMBLABLES ET SI DIFFÉRENTS À LA FOIS...
BIEN QU'AURORA SOIT LA PLUS UNIQUE DE TOUS.
MIAM !!
...
SA PRÉSENCE ME TROUBLE.

DOOOM
PLAF
QUE...
FRRR
BRRR
J'AI UN DRÔLE DE PRESSENTIMENT...
SÛREMENT MA TÊTE QUI FAIT DES SIENNES...
TIENS ? IL Y A QUELQU'UN DEHORS...
OH ! MAIS C'EST...
NADINE !

QUE FAIT-ELLE ICI ?
TU ES NADINE, N'EST-CE PAS ?
QUE PUIS-JE FAIRE POUR TOI ?
...
ELLE A DÛ SUIVRE AURORA… MAIS DANS QUEL BUT ?
IL EST DÉJÀ ÉTRANGE QU'ELLE AIT RÉUSSI À PÉNÉTRER ICI.
ELLE MARMONNE QUELQUE CHOSE…
QU'EST-CE QUE JE VAIRE FAIS D'ELLE ?
EUH, TU...
PAS ...
ILS NE...
HEIN ?
SI TU N'EXISTAIS PAS, ILS NE M'AURAIENT PAS ABANDONNÉE !

MAIS IL Y A UNE SOLUTION !
ZAAAM
TCH
ARGH ...
LIEZA !

NADINE...
QU'EST-CE QUI TE PREND ?!
OUCH...
ESPÈCE DE TANK DÉCÉRÉBRÉ !
ATTENDS !!

NON, SILAS !!
CE N'EST QU'UNE HUMAINE !!
ZASH
BLAAM
ATTENDS, J'AI DIT !

HAA… HAA…
GNN…
TU ES FOU ?! TU NE VOIS PAS QU'ELLE EST HUMAINE ?!
UNE ATTAQUE AUSSI PUISSANTE LA TUERAIT !!
JE NE TE LAISSERAI PAS FAIRE !
ELLE A PORTÉ LA MAIN SUR MADEMOISELLE LIEZA… C'EST IMPARDONNABLE !
ÇA SUFFIT, SILAS ! TU N'AIDES PAS, AU CONTRAIRE !
JE VAIS BIEN !
GARDONS NOTRE CALME.
SI JE LUI PARLE, ELLE…
CETTE VOIX… ON NE DIRAIT PAS CELLE DE NADINE.
AINSI, TU CROIS ÊTRE ABSOUTE ?
MON SORT T'INTÉRESSE, MAINTENANT ?

TU ES LA PRINCIPALE RESPONSABLE DE TOUT CE CHAOS...
AURORA !!
BOUGE ! SINON...
C'EST TOI QU'ELLE TUERA !
TCHAC
PLAF
STOMP
STOMP
OUI ...
C'EST TA FAUTE.

ZAM
TIENS ?
S'IL TE PLAÎT, NE LUI FAIS PAS DE MAL !
BLAM
NON !
TCHAC
ELLE EST MANIPULÉE PAR UN ONIRIO !
IMPOSSIBLE ! NORMALEMENT, ILS SONT INCAPABLES D'ENTRER EN CONTACT AVEC LES HUMAINS !
SON AURA...
ELLE N'EST PAS HUMAINE.
NADINE, POURQUOI ?!
CETTE CHOSE N'EST PLUS TON AMIE...
LAISSE, ELLE NE T'ENTEND PAS.

WOOOSH
?!
ADIEU, POUR TOUJOURS ...
FRRRRR
MON "AMIE" !!
BOOOM

HEIN ?!
ZASH
ZAM
ELLE S'ENFUIT !!
ON NE PEUT PAS LA LAISSER FILER DANS CET ÉTAT !
TAP
TAP
TAP
MADEMOISELLE LIEZA...
QUE SE PASSE-T-IL ? CETTE HUMAINE AVAIT L'ÉNERGIE D'UN ONIRIO !
AUCUNE IDÉE, JE N'AVAIS JAMAIS VU...
UN ONIRIO FRANCHIR LES LIMITES DE SON ESPACE DÉFORMÉ.
UNE SEULE EXPLICATION POSSIBLE : IL A DÛ PASSER À TRAVERS ELLE...
RESTE À SAVOIR COMMENT IL S'EST FRAYÉ UN CHEMIN JUSQU'À SON ÂME.
C'EST BON, TU ES CALMÉ ?
OUI... VEUILLEZ EXCUSER MON EMPORTEMENT.
TAP
ALORS, EN CHASSE ! UN ONIRIO LÂCHÉ DANS CE MONDE CAUSERAIT TOUTES SORTES DE PROBLÈMES.
ON PEUT ENCORE L'ATTRAPER AVANT L'ORÉE DU BOIS.

NE LA PERDS PAS DE VUE !
XAP
À VOS ORDRES !!
XAP
XAP
XAP
L'HEURE EST GRAVE.
FLOP
C'EST MA FAUTE.
CE N'EST PAS ARRIVÉ D'UN SEUL COUP, N'EST-CE PAS ?
RELÈVE-TOI, AURORA.
SI J'AVAIS FAIT PLUS ATTENTION À ELLE, J'AURAIS VU QU'ELLE N'ALLAIT PAS BIEN.
UN ONIRIO LA TRAQUAIT, ET MOI, JE REGARDAIS AILLEURS...
JE N'AI RIEN FAIT POUR EMPÊCHER ÇA.
JE CROYAIS ÊTRE PASSÉE À AUTRE CHOSE. LUI DEMANDER DE CROIRE AVEUGLÉMENT EN L'INVISIBLE N'ÉTAIT PAS JUSTE.
JE L'AI COMPRIS EN ESSAYANT DE ME METTRE À SA PLACE...
MAIS AU FOND DE MOI, JE N'AI JAMAIS DIGÉRÉ SON REJET.
J'AI ÉTÉ INCAPABLE DE LUI PARDONNER.

QUELLE HORREUR ...
JE SUIS DEVENUE EXACTEMENT LE GENRE DE PERSONNE ...
QUI M'A POUSSÉE À DÉTESTER CE MONDE !!
PAF
TU NE SAIS QUE T'APITOYER SUR TON SORT...
ET MADAME PRÉTEND VOULOIR DEVENIR UN ANGE ?!
C'EST POUR FRIMER QUE TU EN VEUX ENCORE PLUS ?
POUR NE PAS AVOIR À PAYER LE PRIX DE TES BÊTISES ?
...
J'EN SAIS RIEN.
SI TU TE PÉTRIFIES AU MOINDRE CHOC, À QUOI TE SERVIRA LE POUVOIR QUE TU POSSÈDES DÉJÀ ?
DEBOUT, IDIOTE ! ON Y VA !

TU TE SENS COUPABLE ? ESSAYE DE RÉGLER LE PROBLÈME AU LIEU DE TE LAMENTER !
TU N'AS PAS PIGÉ ?
TON AMIE EST TOUJOURS LÀ, MAIS PLUS POUR LONGTEMPS !!
!
COMMENT ÇA ?!
L'ONIRIO N'A PAS ENCORE ABSORBÉ L'ÂME DE NADINE ?
JE N'EN SUIS PAS SÛRE. ON DIRAIT QU'IL L'A CHASSÉE HORS DE SON CORPS. CELUI-CI LUI APPARTIENT TOUJOURS, MAIS L'ONIRIO GAGNE DU TERRAIN.
JE TE L'AURAIS EXPLIQUÉ PLUS TÔT, SANS TON MONOLOGUE DÉBILE !
DÉSO-LÉE...
ELLE NE CONTRÔLE PLUS SON CORPS, MAIS L'ÂME DE TON AMIE RESTE LIÉE À CE MONDE.
À MON AVIS, IL Y A ENCORE MOYEN DE LUI FAIRE RETROUVER SON ÉTAT NORMAL.

ALORS CE N'EST PAS LE MOMENT DE TE LAISSER ABATTRE...
CAR TOI SEULE ICI PARTAGES UN LIEN ÉMOTIONNEL AVEC ELLE.
SI QUELQU'UN PEUT RETROUVER SON ÂME, OÙ QU'ELLE SOIT, ET LA RAMENER...
C'EST TOI !
LIEZA !!
ATTENDS !!
IL FAUT SOIGNER TA...
J'AVAIS PRESQUE OUBLIÉ...

MAIS...
TA BLESSURE ?
AH, ELLE S'EST REFERMÉE DEPUIS UN MOMENT.
TOUTE SEULE ?!
ELLE M'A ATTAQUÉE AVEC UN COUTEAU ORDINAIRE...
CE GENRE D'ARME NE PEUT GRAVEMENT BLESSER UN ANGE.
COMME TU LE VOIS...
NOUS NE SOMMES PAS SI DIFFÉRENTS DES ONIRIOS.
...
CELA DIT, JE PARIE...
QU'ELLE EN A RESSENTI LA DOULEUR.

TAP
TAP
TAP
TAP
TAP
DIS...
EUH, DÉSOLÉE DE T'AVOIR GIFLÉE...
OH...
NE T'INQUIÈTE PAS, ÇA M'A REMIS LES IDÉES EN PLACE.
J'ÉTAIS À DEUX DOIGTS DE PANIQUER.
FRATCH
ZWAM

WOOOSH
ELLE EST LÀ !
COMMENT L'ARRÊTER SANS CAUSER DE DOMMAGES IRRÉVERSIBLES À SON CORPS ?
EN LA DÉSÉQUILIBRANT D'UN COUP NET POUR LA METTRE À TERRE...
ET LÀ, CE SERA À MOI DE JOUER !
J'AI UNE IDÉE. LIEZA, FRAPPE-LA.
JE TE SAIS CAPABLE DE DOSER TES COUPS.
TU ES SÛRE ?
TU AS L'ESPRIT PLUS CLAIR QUE LE TANK...
TU LUI FERAS LE MOINS MAL POSSIBLE.
...
TSS ...
J'ESPÈRE QUE CE N'EST PAS UNE AUTRE DE TES IDÉES DÉLIRANTES !
ZASH
BONJOUR MA RÉPUTATION...

FRATCH
FRRRRRR
WOOOSH
SLASH
CRAC

ÇA VA JUSTE PIQUER UN PEU !
PAF
ZASH
DES-CENDS !!
CLANG
CLANG
BRROOOM

ON LA TIENT, MADEMOISELLE !
PAS TRÈS ÉLÉGANT…
MAIS EFFICACE.
ET AURORA ?
ELLE SE PREND POUR UN TAUREAU !
TU N'IRAS NULLE PART !
?!
DÉGAGEZ LE PASSAGE !!

ARGH...
PFFT !!
QU'EST-CE QUE TU COMPTES FAIRE, À LA FIN ?
EXPLIQUE-MOI TON MAUDIT PLAN !
IL N'Y A PAS DE PLAN, JUSTE UN COUP DE POKER.
SELON VOUS, L'ONIRIO AURAIT PU PASSER DANS NOTRE MONDE À TRAVERS ELLE...
MAIS SI L'INVERSE ÉTAIT POSSIBLE ? SI NADINE ÉTAIT UNE PORTE VERS UNE DISTORSION ?
CE NE SONT QUE DES SUPPOSITIONS ! NOUS N'EN SAVONS RIEN !

PRÉSENTÉE COMME ÇA, CETTE IDÉE N'EST PAS SI ABRACADA-BRANTE.
TU L'AS DIT TOI-MÊME, JE SUIS LA SEULE À MÊME DE RETROUVER SON ÂME.
JE VAIS ENTRER DANS LA DISTORSION ET LA SAUVER, COÛTE QUE COÛTE.
SI TU LA RAMÈNES DANS SON CORPS, L'ONIRIO SE MATÉRIALISERA SANS DOUTE ICI...
ON NE PEUT QUE PRÉSUMER.
PRÉCISÉ-MENT...
!
QUELQU'UN DOIT RESTER DE CE CÔTÉ POUR LA GARDER SOUS CONTRÔLE.
ET PUIS, ON NE PEUT PAS Y ALLER TOUS À LA FOIS...
MAIS ...
ALORS QUELQU'UN DEVRA L'EMPÊCHER DE S'ENFUIR ET DE SEMER LA PAGAILLE.
...
FAIS-MOI CON-FIANCE.
JE NE FERAI PAS N'IMPORTE QUOI.
APRÈS TOUT, LA VIE DE NADINE EST EN JEU.
NE ME REGARDE PAS COMME ÇA.

AAAAAAA
AAAAHHH
CLANG
CLANG
?!
ELLE S'EST LIBÉRÉE !!
SI ON VEUT AGIR, C'EST MAINTENANT OU JAMAIS !
NADINE !
DE CE TRÈS MAUVAIS PRESSENTIMENT.
PFUIIT
IMPOSSIBLE DE ME DÉFAIRE...

J'ARRIVE ...
QUE TU LE VEUILLES OU NON !
GRIP
AH ...

ÇA A MARCHÉ !
ZAM
AURORA !
AURORA, TU M'ENTENDS ?!
CE N'EST PAS POSSIBLE...
QUOI DONC ?
SON ÂME N'EST PLUS LÀ...
COM-MENT ?!
ET JE NE DÉTECTE AUCUN ESPACE DÉFORMÉ...
SI SEULE SON ÂME A TRAVERSÉ, C'EST PAR UNE FISSURE...
ELLE A ATTERRI DIRECTEMENT DANS LES LIMBES !
SI ELLE Y RESTE TROP LONGTEMPS, ELLE NE RETROUVERA PAS LE CHEMIN DU RETOUR...

CE QUI SIGNERA SON ARRÊT DE MORT.

ZAM
DASH
ELLE N'A PAS L'AIR DE NOUS FUIR, PLUTÔT D'AVOIR UNE DESTINATION PRÉCISE EN TÊTE...
TANT QU'ELLE NE DESCEND PAS EN VILLE, ÇA DEVRAIT ALLER...
ON PEUT SEULEMENT S'ASSURER DE NE PAS LA PERDRE DE VUE.
ARGH !!
DÉPÊCHE, AURORA...
JE DOUTE QU'ELLE VOUS ENTENDE ...
FRRR
Hôpital psychiatrique

TIENS... JE SUIS DÉJÀ VENUE ICI.
LA DERNIÈRE FOIS, J'ÉTAIS TOMBÉE UN POIL PLUS PRÈS DU GRAND ARBRE...

11. Le labyrinthe de la culpabilité
JE NE SUIS PAS DANS LES LIMBES, MAIS À LA FRONTIÈRE ENTRE LES MONDES.
LÀ OÙ TOUT A COMMENCÉ.
STAP
ET COMME LA DERNIÈRE FOIS, J'AI PRIS TROP D'ÉLAN ET JE ME SUIS TROMPÉE D'ARRÊT.

LE PASSAGE D'UN ONIRIO À TRAVERS LE MUR ENTRE LES MONDES CRÉE UNE DISTORSION ET UNE NOUVELLE FISSURE...
CE CYCLE POURRAIT SE RÉPÉTER JUSQU'À DESTRUCTION COMPLÈTE DU MUR...
ET APRÈS ?
LE CIEL SEMBLE SUR LE POINT DE S'ÉCROULER.
ÇA GROUILLE D'ONIRIOS, ICI.
GROOOO
PLOTCH

JE POURRAIS EN ABATTRE UN OU DEUX, ET AVEC UN PEU DE CHANCE, RÉCUPÉRER LEURS ESSENCES…
TANT QU'À FAIRE !
PFUIIIT
JE N'AI PAS ENCORE RÉCUPÉRÉ TOUTE MON ÉNERGIE. LE TRUC DES CHAÎNES N'A MARCHÉ QUE PAR MIRACLE…
VROUF
HMM…
PAF
C'EST PAS LE MOMENT D'Y PENSER !
CONCENTRE-TOI, AURORA ! NADINE M'A MENÉE ICI POUR UNE BONNE RAISON…
SON ÂME N'A PAS PU ALLER TRÈS LOIN. JE DOIS LA RETROUVER AVANT LES ONIRIOS.
ELLE ARRIVE TOUJOURS AU BON MOMENT POUR ME SAUVER. COMMENT ELLE FAIT ?
QUOIQUE, CETTE FOIS, CE N'EST PAS TOUT À FAIT PAREIL…
BAH…
QU'EST-CE QUE JE RACONTE ? ILS SONT TROP NOMBREUX POUR MOI SEULE…
ET J'AI PROMIS À LIEZA DE NE PAS FAIRE N'IMPORTE QUOI.

PAR CHANCE, ILS SONT BÊTES COMME LEURS PIEDS. JE N'AI QU'À ÊTRE DISCRÈTE POUR PASSER SOUS LES RADARS...
FRATCH
BLAAM
ZASH
TANT PIS POUR LA DISCRÉTION !
SPAF

MÊME S'IL VA VITE SE RÉGÉNÉRER, ÇA ME LAISSE UN PEU DE MARGE.
TAP
TAP
TAP
TAP
WOSH
TIENS... CET ESPRIT !
C'EST MOI OU IL M'INVITE À LE SUIVRE ?
ZIIIM
BON ...
JE N'AI PAS TRENTE-SIX MILLE OPTIONS.
J'ESPÈRE QUE ÇA EN VAUT LA PEINE !

JE CHERCHE UNE FILLE, ELLE S'APPELLE NADINE !
HÉ, ATTENDS !!
JE DOIS LA RAMENER, ELLE N'A RIEN À FAIRE ICI !
TU NE L'AURAIS PAS VUE ? ELLE EST BRUNE, AVEC LES CHEVEUX LONGS...
...
HÉ, TU M'ÉCOUTES ?
JE SUPPOSE QUE TU N'ES PAS DOUÉ DE PAROLE...
AH !
ATTENDS UN PEU !
GÉNIAL... IL EST PASSÉ OÙ, MAINTENANT ?
SPLASH
PAR ICI !

CET ENDROIT SENT LE DANGER À PLEIN NEZ...
BAM
BAM
IL Y A QUELQUE CHOSE À L'INTÉRIEUR.
BROOM
PLOC
PLOC
PLOC
PLOC
FRRR
J'ARRIVE, NADINE !
ENFIN, JE NE RISQUE RIEN TANT QUE JE PEUX VOIR LES FILS QUI ME RELIENT À L'AUTRE CÔTÉ...

AU...
RO...
RA !
QU'EST-CE QUE TU ESPÈRES ENCORE DE SA PART ?
CETTE FILLE N'EST QU'UNE ÉGOÏSTE, TU LE SAIS !

TOUT SERAIT BIEN PLUS FACILE SI TU RENONÇAIS À TA FOI IRRATIONNELLE EN ELLE !
COMBIEN DE FOIS A-T-ELLE DÉLIBÉRÉMENT IGNORÉ TES SENTIMENTS ?
COMBIEN D'AFFRONTS T'A-T-ELLE INFLIGÉS ?
ABANDONNE-LA ET RESTE AVEC MOI !
CE... N'EST PAS... SA FAUTE...
AURORA A PARFAITEMENT LE DROIT DE ME DÉTESTER...
APRÈS CE QUE JE LUI AI FAIT.
C'EST MOI...
QUI L'AI LÂCHÉE LA PREMIÈRE.

MAMAN ...
"RUBY", ÇA TE DIT QUELQUE CHOSE ?
...
PARDON ?
D'OÙ SORS-TU CE NOM ?
UNE ESPÈCE DE RUMEUR COURT EN CLASSE EN CE MOMENT...
ET ELLE A PIQUÉ MA CURIOSITÉ.
CE N'EST PAS TRÈS IMPORTANT, MAIS...
JE NE CONNAIS AUCUNE RUBY.
AH... DÉSOLÉE. ÇA N'A PAS D'IMPORTANCE, VRAIMENT.
SI C'ÉTAIT VRAI, JE L'AURAIS SU.
C'ÉTAIT CLAIREMENT UN MALENTENDU.

UNE RUMEUR... JE VOIS. C'EST ENCORE ELLE, HEIN ?
TU T'ES LAISSÉ ENTRAÎNER PAR L'UNE DES IDÉES DÉLIRANTES...
DE CETTE FILLE DU DIABLE !
NON, MAMAN, JE TE JURE QUE NON !
NE TE FATIGUE PAS, NADINE.
JE SAIS TRÈS BIEN QUAND TU MENS.
SES BLASPHÈMES INFECTENT TON ÂME.
TON REGARD A BEAU ÊTRE PUR ET SINCÈRE, SON OMBRE S'ENROULE AUTOUR DE TOI TELLE UNE MALÉDICTION.
TU AS TOUJOURS ÉTÉ UNE BONNE PETITE.
QU... QU'EST-CE QUE TU RACONTES, MAMAN ? JE NE SUIS PAS UN ÊTRE DE LUMIÈRE, ET ELLE N'EST PAS UN DÉMON. POURQUOI...
TU DÉSHUMANISES TOUT CE QUI VA À L'ENCONTRE DE TA MORALE ?

TU VOIS ? TU N'OSES ME RÉPONDRE QUE LORSQU'IL EST QUESTION D'ELLE. CE SONT LES DÉMONS...
QUI T'EMPOISONNENT LE CŒUR ET GLISSENT LEURS MOTS INFÂMES DANS TA BOUCHE.
AURORA EST UN ÊTRE HUMAIN ET NON LE MONSTRE QUE TU VEUX EN FAIRE, MERDE !
BAM
C'EN EST ASSEZ. TU NE LA FRÉQUENTERAS PLUS.
ELLE A TOUJOURS EU UNE MAUVAISE INFLUENCE SUR TOI. J'AI EU TORT DE NE PAS TUER LE MAL DANS L'ŒUF, MAIS IL EST ENCORE TEMPS.
TU... TU N'AS PAS LE DROIT...
BIEN SÛR QUE SI. JE SUIS TA MÈRE ET JE SAIS CE QUI EST BON POUR TOI.
JE NE CHERCHE QU'À PRÉSERVER LA PURETÉ DE TON ÂME, TU COMPRENDS ?

OÙ TU VAS ?!
S'IL TE PLAÎT, MAMAN, NE T'EN MÊLE PAS !
JE TE RÉPÈTE QU'AURORA N'A RIEN À VOIR LÀ-DEDANS !
MAMAN !
VLAM
NON...
LAISSE-LA TRANQUILLE...
JE NE VEUX PAS QU'ON LUI FASSE DU MAL PAR MA FAUTE !

NE TOUCHEZ PAS À AURORA !
FRASHH
OUIIIN
OUIIIN
IL ÉTAIT UNE FOIS, UNE ENFANT QUI NAQUIT AVEC UNE MALHEUREUSE PARTICULARITÉ.
OUIIIN
ELLE AVAIT SUR LE FRONT DEUX PROTUBÉRANCES À LA FORME PAR TROP ÉVOCATRICE...
CELLE DE DEUX CORNES.

FLA
ASH
LA POUSSA À REJETER DE TOUT SON ÊTRE LE BÉBÉ AINSI QUE LE PÈRE, DONT ELLE ACCUSAIT LE MANQUE DE FOI D'AVOIR OUVERT LA PORTE AU MAL.
PFUI
IT
TELS FURENT LES PREMIERS MOTS DE LA MÈRE À LA VUE DU NOUVEAU-NÉ.
LA CONVICTION INSUPPORTABLE QU'ELLE AVAIT DONNÉ LE JOUR À UN DÉMON...
"QU'AI-JE FAIT POUR ENCOURIR LA COLÈRE DIVINE ?"
"CETTE CHOSE NE PEUT ÊTRE MA FILLE !"
LA CRÉATURE ÉTAIT AU-DELÀ DE TOUT SALUT AUX YEUX DE SA DÉVOTE MÈRE.
TING
AVEC LE TEMPS, LES CORNES DISPARURENT, MAIS LA SOUILLURE DU PÉCHÉ DEMEURA. ELLE AVAIT BEAU TENTER DE CACHER SA NATURE...

FRRRR RRR
LE PÈRE LA QUITTA AFIN QUE L'ENFANT NE GRANDISSE PAS AUPRÈS D'UNE MÈRE INCAPABLE DE LA CONSIDÉRER COMME HUMAINE.
CELLE-CI ROMPIT TOUT CONTACT AVEC LE DÉMON ET CONTINUA D'AVANCER SUR LA VOIE DE LA VERTU.
ELLE SE DÉFIT DE SON "ERREUR" COMME SI ELLE N'AVAIT JAMAIS EXISTÉ ET NE GARDA QUE SON AÎNÉE, LA PLUS GENTILLE, LA PLUS DÉSIRÉE...
CELLE QUI NE QUITTERAIT JAMAIS LE CHEMIN DE LA LUMIÈRE, LA FILLE RADIEUSE ET PARFAITE QUI LUI SERAIT TOUJOURS FIDÈLE...
CELLE QUI AVAIT ASSISTÉ À TOUT CELA SANS RIEN COMPRENDRE.

CE FOUTAGE DE GUEULE !
SES FILLES IGNORAIENT L'EXISTENCE L'UNE DE L'AUTRE POUR CETTE RAISON DÉBILE ?
ET CE SERAIT MOI, LA FOLLE ?
CE LABYRINTHE RECÈLE LES RÉPONSES...
AUX QUESTIONS QUE PERSONNE N'A POSÉES.
TIENS, TU PEUX PARLER ?
DE NOMBREUX FRAGMENTS DE RÉALITÉ SE SONT PERDUS AU CARREFOUR DE LA DISTORSION ...
COMMENT ÇA, "SE SONT PERDUS" ?
T'ES-TU DÉJÀ DEMANDÉ...
QUEL MAL RÉEL LES DISTORSIONS PROVOQUENT DANS TON MONDE ?
...
DIS...
TU NE SERAIS PAS...

BRRRR
BRRRR
BRRRR
BRRRR
LES MURS BOUGENT ...
NON !
ILS SE REFERMENT ?!
VLAM
BRRR
VLAM
VLAM
BRRR
BRRR
BR ROM

BRRR
BRR
OUUU
RESTE OUVERT !!
AAH !!
BROOM
HAA HAA
LE CŒUR DU LABY-RINTHE ?
HAA HAA
AU... AURORA ...

NADINE !

JE PRÉFÈRE ÊTRE UNE SORCIÈRE ...
QU'UNE CONNA...
LÀ, T'ABUSES !
BEN QUOI ? TOUT LE MONDE LE DIT !
TSS...
MÊME TA MÈRE T'A ABAN-DONNÉE !
TU N'ES QU'UNE SORCIÈRE !!
SPA
MAIS JE REMARQUAIS TOUJOURS COMBIEN...
SES JAMBES TREMBLAIENT.
QUAND ON L'EMBÊTAIT, AURORA JOUAIT TOUJOURS LES DURES.

PERSUADÉE QU'ELLE AVAIT BESOIN DE MOI, JE ME SUIS ALORS SENTIE INDISPENSABLE.
CAR JE VOYAIS AU-DELÀ DE SA FAÇADE.
JE LA CONNAISSAIS MIEUX QUE PERSONNE...
CEPENDANT, MES CERTITUDES ONT CHANCELÉ QUAND ELLE EST REVENUE, APRÈS SIX MOIS DE SILENCE RADIO.

EUH, TE REVOILÀ...
JE NE SAVAIS PLUS DÉCRYPTER SES PENSÉES.
SON REGARD M'A GLACÉE ET JE N'AI PLUS SU QUOI DIRE.
TU T'ES COUPÉ LES CHEVEUX ? ÇA TE VA BIEN.
J'AI N'AI PAS DIT UN MOT SUR SON ABSENCE. ELLE M'A SOURI ET A EMBRAYÉ.
SOUDAIN, CETTE PARENTHÈSE A SEMBLÉ NE JAMAIS AVOIR EXISTÉ.
MAIS CE N'ÉTAIT QU'UNE ILLUSION, CAR EN RÉALITÉ, ELLE AVAIT CHANGÉ.
ELLE ÉTAIT INDIFFÉRENTE À CE QUI L'ENTOURAIT... ET SES JAMBES NE TREMBLAIENT PLUS.

QUAND ON N'A PLUS RIEN À PERDRE, ON N'A PLUS PEUR DE RIEN, HEIN ?
J'AVAIS BEAU TENTER DE L'IGNORER, JE SENTAIS QUE QUELQUE CHOSE S'ÉTAIT BRISÉ ENTRE NOUS...
ET JE NE SAVAIS PAS COMMENT RENOUER AVEC ELLE.
MES TENTATIVES N'ONT FAIT QUE NOURRIR MES ANGOISSES.
ELLE ÉTAIT À MES CÔTÉS, MAIS SON CŒUR NE CESSAIT DE S'ÉLOIGNER...
VERS UN ENDROIT AUQUEL JE N'AVAIS PAS ACCÈS.
QUELQU'UN AVAIT PRIS MA PLACE AUPRÈS D'ELLE, ET JE NE POUVAIS PAS LE SUPPORTER.

SWISH
J'ÉTAIS ARROGANTE DE CROIRE QU'AURORA AVAIT BESOIN DE MOI...
QUAND EN RÉALITÉ, C'ÉTAIT MOI QUI AVAIS BESOIN D'ELLE.
SWISH
SI JE LUI AVAIS DEMANDÉ OÙ ELLE ÉTAIT PASSÉE PENDANT TOUT CE TEMPS...
SI JE N'AVAIS PAS OUBLIÉ RUBY ET CETTE DISCUSSION AVEC MA MÈRE...
EST-CE QUE LES CHOSES AURAIENT ÉTÉ DIFFÉRENTES ?
JE SUPPOSE QUE JE NE LE SAURAI JAMAIS.

NADINE !
ENFIN, JE T'AI RETROUVÉE !!
PL
A
AÏE !
ÇA PIQUE !
COMME SI TU ÉTAIS COUVERTE D'AIGUILLES INVISIBLES !!
AURORA... QUE FAIS-TU ICI ?
UN PIQUE-NIQUE ! À TON AVIS ?
JE SUIS VENUE TE CHERCHER, IDIOTE !
TU N'AURAIS PAS DÛ PRENDRE CETTE PEINE. JE SUIS À MA PLACE ICI...
LÀ-DEHORS, PLUS PERSONNE N'A BESOIN DE MOI.
TU N'ES PAS SÉRIEUSE, LÀ ?!

IL Y A TA GRAND-MÈRE, LIAM... MÊME MOI, JE VOIS À QUEL POINT IL TIENT À TOI !
ET MOI... MOI AUSSI, J'AI BESOIN DE TOI !
TU ES FÂCHÉE ?
TRÈS ! MAIS PAS CONTRE TOI, CONTRE MOI-MÊME !!
POUR AVOIR LAISSÉ MES SENTIMENTS LES PLUS NOIRS ME DIRIGER, TOUT EN PRÉTENDANT LES CONTRÔLER...
JE CROIS QUE JE COMPRENDS CE QUE TU RESSENS...
TU ES ÉPUISÉE DE NAGER À CONTRE-COURANT, ALORS TU VEUX CAPITULER POUR EN FINIR, ENFIN.
J'AI LONGTEMPS EU CET ÉTAT D'ESPRIT.
SAUF QUE TU N'ES PAS COMME MOI. TU AS TOUJOURS ÉTÉ PLUS FORTE.
JE L'ÉTAIS SEULEMENT PARCE QUE TU ÉTAIS À MES CÔTÉS...
JE N'AI PAS ÉTÉ À LA HAUTEUR EN TANT QU'AMIE.
ET ALORS ?

...
MOI NON PLUS, LA PREUVE !
NIVEAU AMITIÉ, JE LAISSE BEAUCOUP À DÉSIRER.
LES HUMAINS SONT IMPARFAITS. ON PASSE NOTRE TEMPS À SE TROMPER, ET CE N'EST PAS LA FIN DU MONDE.
MÊME SI PARFOIS, ÇA EN A L'AIR...
ON ASSUME NOS ERREURS ET ON AVANCE, PARCE QU'IL LE FAUT BIEN.
AURORA ...
ON AURAIT DÛ PARLER, SE DISPUTER... MÊME EN VENIR AUX MAINS NOUS AURAIT PERMIS D'AVANCER SANS REMORDS !
RESSASSER LE PASSÉ NE SERT À RIEN. SEUL LE PRÉSENT COMPTE !
IL N'EST PAS TROP TARD POUR RÉGLER NOS PROBLÈMES. TU DOIS SORTIR DE LÀ !
TU M'ENTENDS ? JE SUIS PRÊTE À TOUT POUR LAISSER CE CAUCHEMAR DERRIÈRE NOUS !
PARCE QU'AVANT TOUT, NADINE, JE VEUX RESTER TA MEILLEURE AMIE !

C'EST ÇA, TA SOLUTION ? UNE BAGARRE ?
MAIS TU AS TOUJOURS ...
ÉTÉ...
UNE MAUVIETTE ...
NADINE !
SWIIISH
ZIIIM
NON !
RAH, C'EST PAS VRAI !!
OUF
VR
ON EST EN PLEINE DISCUSSION SUPER IMPORTANTE, LÀ !

BAM
TING
!
SPLA
ATCH
TCHAC TCHAC
TCHAC TCHAC

AAAAAAAAAAAAH !
ELLE S'EST ARRÊTÉE NET...
LA GAMINE L'AURAIT RETROUVÉE ?
...
IL Y A UN SOUCI.
SON BRAS...
IL SAIGNE !

AURORA... QU'EST-CE QUE TU FABRIQUES ?
HAA
HAA
FINI DE JOUER !
BAM
HAA
HAA
HAA
ELLE N'EST PAS À TOI...
HAA
HAA
RENDS-LA-MOI...

RENDS-
MOI...
MON
AMIE
!!

FRAAAATCH
CRASH
PLOC PLOC PLOC PLOC PLOC
BRRRRRRR

CRAC
FRRR
CRAAAASH

ET MAINTE-NANT ?
SI TU VEUX L'EMMENER ...
TU DEVRAS D'ABORD EN FINIR AVEC MOI.
SINON, JE NE LA LAISSERAI JAMAIS PARTIR.
TU M'AS BOUSILLÉ LE BRAS DROIT, TU SAIS ?
DANS CES CIR-CONSTANCES, IMPOSSIBLE D'ÊTRE CONTENTE DE TE REVOIR...

RUBY.
APRÈS TOUT LE MAL QUE JE ME SUIS DONNÉ POUR ATTEINDRE SON CŒUR ET L'ATTIRER ICI...
TU NE T'IMAGINAIS PAS QUE J'ALLAIS TE FACILITER LA TÂCHE...
N'EST-CE PAS, AURORA ?

Limbo

12. Un endroit où rentrer

L'ARBRE DE LA VIE...
DONT LES BRANCHES SOUTIENNENT L'EXISTENCE MÊME DE CETTE DIMENSION INFINIE...
OÙ TOUT COMMENCE ET TOUT S'ACHÈVE.
LES MORTS PASSENT DANS L'AU-DELÀ PAR SES RACINES...
ET C'EST LÀ QUE LEUR DESTIN SE DÉCIDE.

CHASSEURS D'ESSENCES...
OU PÂTURE POUR ONIRIOS ERRANTS.
QUOIQUE, FINALEMENT, ÇA NE CHANGE RIEN...
PRISONNIERS PERPÉTUELS...
SEULS LES DIEUX POURRAIENT VIVRE HORS DE CES ENTRAVES ...
DANS UN CAS COMME DANS L'AUTRE, NOUS SOMMES TOUS ESCLAVES DE CE MONDE...
DE CE CYCLE DE VIE ET DE MORT.
S'IL EN RESTE, EN TOUT CAS...
CAR EUX-MÊMES SUCCOMBENT À L'OUBLI.
EN RÉALITÉ, AURORA, JE DEVRAIS TE REMERCIER ...
POUR LE RÔLE CRUCIAL QUE TU AS JOUÉ.

TON ÉGOÏSME ET TON INDIFFÉRENCE ONT AFFAIBLI L'ÂME DE NADINE...
ET L'ONT EMPLIE D'UNE TRISTESSE ET D'UN MANQUE DE CONFIANCE QUI M'EN ONT OUVERT LES PORTES.
JE SAIS CE QUE TU CHERCHES, RUBY.
TSS ...
SLASH
DESCENDS DE TES GRANDS CHEVAUX !
INUTILE DE ME PRENDRE COMME BOUC ÉMISSAIRE, MES FAUTES N'EFFACERONT PAS LES TIENNES.
C'EST TOI QUI L'AS ATTIRÉE DANS L'ABÎME, PAS MOI.

ON M'A COLLÉ L'ÉTIQUETTE DE DÉMON, ON M'A PRIVÉE DE LA CHANCE D'ÊTRE SA SŒUR...
LORSQUE JE SUIS ARRIVÉE DANS CE MONDE, LES PIÈCES DU PUZZLE SE SONT EMBOÎTÉES...
TOI AUSSI, TU L'AS VU !
SLASH
ET TOI, TU ME L'AS VOLÉE !
ZAM
J'AI TOUTES LES RAISONS...
TU AS COMBLÉ LE VIDE QUE J'AVAIS LAISSÉ !
CRUSH
D'ÊTRE FURIEUSE !

FASH
COMMENT POURRAIS-TU MÉRITER PLUS QUE MOI LE RÔLE DE LA PETITE SŒUR ENQUIQUINANTE ?
TSS
ET TOI, DE QUEL DROIT TU ME JUGES ?! TA MÈRE ME DÉTESTE AUSSI !
ELLE EST FOLLE À LIER !
NADINE SOUFFRAIT DE LA PRESSION QU'ELLE LUI METTAIT ! J'AI JUSTE EU LA CHANCE QU'ELLE CHOISISSE DE RESTER MON AMIE !
LUI ARRACHER SON AVENIR À CAUSE DE TA PROPRE SOUFFRANCE, CE N'EST PAS DIGNE D'UNE SŒUR !
MOI AUSSI, JE LUI AI REPROCHÉ UNE SITUATION QUI NOUS DÉPASSAIT TOUTES LES DEUX !
JE COMPRENDRAIS QU'ELLE NE M'ADRESSE PLUS JAMAIS LA PAROLE APRÈS ÇA...
MAIS JE NE REGRETTERAI PAS D'ÊTRE VENUE LA CHERCHER !!

SI ELLE PEUT VIVRE EN PAIX...
TOUT CECI...
EN VAUT LA PEINE !
GR
HMFF
IP
C'EST FACILE DE RÉPARER SES ERREURS QUAND ON EST VIVANT ! MAIS MOI, JE NE PEUX PAS REVENIR EN ARRIÈRE...
TAIS-TOI !
CRAASH
JE N'AI PLUS D'AUTRE MOYEN !

AAH...
AÏE !!
J'AI DE PLUS EN PLUS DE MAL À BOUGER ...
KOF KOF
ET JE NE PEUX PAS INVOQUER DE SPECTRE.
J'Y ÉTAIS PRESQUE ...
J'AURAI VRAIMENT ESSAYÉ...
MAIS ...
JE N'Y ARRIVERAI PAS SEULE.
J'AI BESOIN DE TON AIDE...
JE T'EN PRIE...
ORION !!
FRRR
AH, ENFIN !!
J'EN AVAIS MARRE D'ATTEN-DRE !
JE PEUX ENFIN ME DÉGOURDIR LES JAMBES !

HOULÀ, QU'EST-CE QU'IL S'EST PASSÉ ?
NE FAIS PAS SEMBLANT DE DÉCOUVRIR LA SITUATION JUSTE POUR FAIRE UNE ENTRÉE THÉÂTRALE.
QUEL CHANTIER ...
JE SAIS QUE TU M'AIDES...
DEPUIS LE DÉBUT.
OUPS.
MAIS JE TE JURE QUE JE N'AI RIEN VU NI ÉCOUTÉ !
JE ME SUIS BOUCHÉ LES YEUX ET LES OREILLES.
BON, OK, J'AI UN PEU VU...
ET UN PEU ENTENDU AUSSI.
J'ÉTAIS RÉSOLU À T'OBÉIR ET TE LAISSER TRANQUILLE, JURÉ...
MAIS COMMENT RESTER LES BRAS CROISÉS QUAND TU COURS AU-DEVANT DE LA MORT ?!
MÊME SI J'AI DÉCLINÉ TOUTE RESPONSABILITÉ AU MOMENT DE NOTRE PACTE...
MES INTER-VENTIONS ÉTAIENT JUSTIFIÉES !
PAS VRAI ?!
...
OUCH ...
ET TU T'ÉTAIS À PEINE REPOSÉE.
HMM ...
DEPUIS LE DÉPART, TU ÉTAIS À BOUT DE FORCES...

EN RÉALITÉ, JE NE SERAIS JAMAIS ARRIVÉE SI LOIN SANS TON AIDE.
JE SAIS QUE ÇA N'A PAS ÉTÉ FACILE...
MERCI DE NE PAS M'AVOIR LÂCHÉE...
ORION.
BRRR
TIC TAC
JE TE RAPPELLE QUE LE TEMPS JOUE CONTRE TOI, AURORA !
RRRRR
COMMENT VAS-TU SORTIR D'ICI ?

JE VIENS DE TROUVER !
WOOOOSH
RUBY !
TAP
SLAASH
JE SAIS QUE TU ES LÀ !
UNE PARTIE DE TOI EST TOUJOURS CONSCIENTE !!
TU AS POUSSÉ NADINE À ME SUIVRE CHEZ LIEZA !
ET TU M'AS GUIDÉE JUSQU'À ELLE À TRAVERS LE LABYRINTHE !!

TES INSTINCTS TE DOMINENT, VONT À L'ENCONTRE DE TA VOLONTÉ...
ALORS IL FALLAIT...
QUE JE LA SAUVE DE TES GRIFFES !
SLASH

ZAAAASH
HEIN ?
QUE SE PASSE-T-IL ?!

LA FISSURE SE MATÉRIALISE DANS CE MONDE !
S'IL S'AGIT D'UN PORTAIL VERS L'AUTRE CÔTÉ...
TOUTES CES OMBRES DOIVENT ÊTRE...
DES ONIRIOS !!

C'EST...
UNE CATAS-TROPHE !
QUELQUE CHOSE APPRO-CHE !
ON DOIT L'ARRACHER AU CŒUR DE LA FISSURE...
AU PLUS VITE !
!
ZAM
ELLE VA BIEN ?!
JE CROIS...
JE NE DÉTECTE AUCUNE INFLUENCE D'ONIRIO SUR ELLE.
TANT MIEUX.

MADE-
MOISELLE
LIEZA !
ATTEN-
TION !
WOOOOSH
BRROOM
ENFIN, TU
DAIGNES
TE MON-
TRER !
BLAM

MADE-MOISELLE LIEZA !
SILAS !
TAP
PROTÈGE AURORA ET NADINE !
NON, PAS DÉJÀ ! NON !
ARGH...
ZA
AM
JE ME CHARGE DE LUI !
CRUSH
PRENEZ GARDE, SA RUNE N'EST PAS VISIBLE !

ON N'A PLUS LE TEMPS POUR ÇA !
LES ONIRIOS S'ENGOUFFRERONT PAR LA FISSURE TANT QUE CETTE CRÉATURE VIVRA.
ZASH
ELLE SEMBLE AFFAIBLIE...
ELLE BOUGE PÉNIBLEMENT, SES ATTAQUES SONT LENTES ET IMPRÉCISES...
SLAAASH

A-T-ELLE DONC PERDU TOUT DÉSIR DE SE BATTRE ?
D'ACCORD.
JE N'AI PAS LOCALISÉ SA MARQUE…
JE VAIS DEVOIR M'EN REMETTRE À MON INTUITION.

SON ŒIL DROIT EST RESTÉ CACHÉ DEPUIS LE DÉBUT...
DONC LA RUNE DOIT SE TROUVER LÀ !
TCHAC

LAISSE TES REGRETS DERRIÈRE TOI...

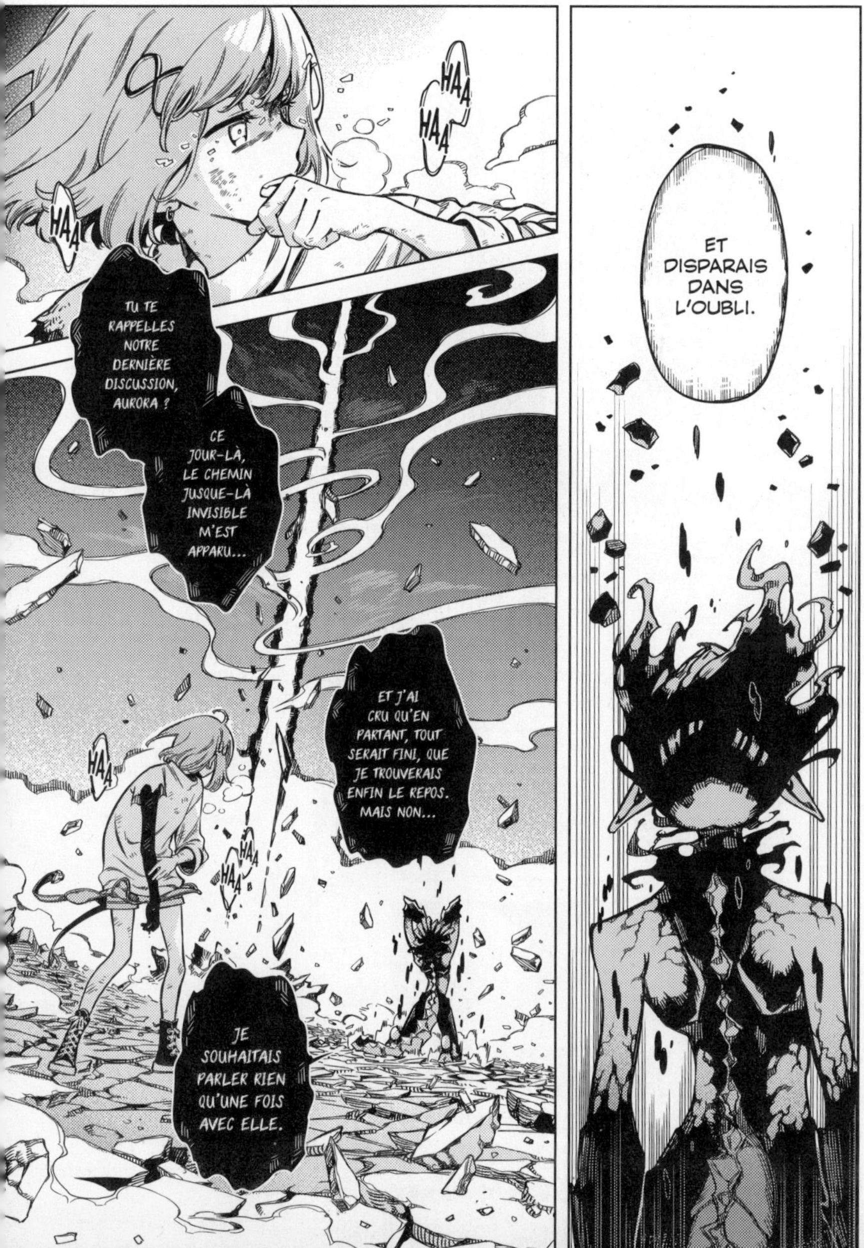
HAA
HAA
HAA
TU TE RAPPELLES NOTRE DERNIÈRE DISCUSSION, AURORA ?
CE JOUR-LÀ, LE CHEMIN JUSQUE-LÀ INVISIBLE M'EST APPARU...
ET J'AI CRU QU'EN PARTANT, TOUT SERAIT FINI, QUE JE TROUVERAIS ENFIN LE REPOS. MAIS NON...
HAA
HAA
HAA
JE SOUHAITAIS PARLER RIEN QU'UNE FOIS AVEC ELLE.
ET DISPARAIS DANS L'OUBLI.

EN RENAISSANT DANS CE MONDE, J'AI ÉTÉ UN INSTANT LIBÉRÉE DE TOUTE ÉMOTION...
JE N'ÉTAIS PLUS AFFECTÉE NI PAR LE BIEN, NI PAR LE MAL.
MAIS CETTE PAIX N'A QUE PEU DURÉ.
MON DÉSIR A REJAILLI PLUS FORT QU'AVANT, ET M'A CONSUMÉE JUSQU'À DEVENIR INCONTRÔLABLE...
?
MAMAN AVAIT RAISON.
J'ÉTAIS DESTINÉE À ME CHANGER EN DÉMON.
C'EST RIDICULE. TU N'ES PAS UN DÉMON.
J'AURAIS DÛ T'AIDER DAVANTAGE. JE N'AI PAS ÉTÉ À LA HAUTEUR.
TU VOULAIS SEULEMENT RETROUVER TA SŒUR...
TON SOUHAIT ÉTAIT INNOCENT ET SINCÈRE.
À TA MORT, LES REGRETS SE SONT PERVERTIS EN UNE OBSESSION QUI T'A POURSUIVIE DE L'AUTRE CÔTÉ.

CE N'EST PAS TA FAUTE.
LE MONDE EST CRUEL, C'EST TOUT.
RUBY !
ALORS ...
C'EST TOI, RUBY.
NADINE !
ENFIN, ON SE RENCONTRE ...
MÊME SI ON NE PEUT PAS VRAIMENT DIRE QUE CE SOIT "EN PERSONNE" !!
JE TE DEMANDE PARDON POUR...
AH, EUH... JE SUIS DÉSOLÉE !!

J'AURAIS TANT DE CHOSES À TE DIRE...
MAIS IL NOUS RESTE PEU DE TEMPS.
JE SAIS ...
JE VAIS TE POSER LES TROIS PREMIÈRES QUESTIONS QUI ME VIENNENT, OK ?
HMM, OK.
ALORS ...
QUEL EST TON GENRE DE FILM PRÉFÉRÉ ?
QUEL PLAT TE RAPPELLE DE BONS SOUVENIRS ?
ET...
TU AIMES QUELQU'UN ?
AH, C'EST TOUT ?
FACILE ...
SAUF LA TROISIÈME.
TU DOIS RÉPONDRE AUX TROIS !
OUI, OUI...
ALORS, J'AIME LES FILMS D'AMOUR...
MÊME SI ÇA ÉTONNE LA PLUPART DES GENS.
ILS S'IMAGINENT QUE SEULS LES ARTS MARTIAUX M'INTÉRES-SENT, PFF !
AH, C'EST VRAI QUE TU FAIS TU TAEKWONDO...
IL PARAÎT QUE TU ES DOUÉE !
OUI, VOILÀ.
HÉ HÉ, MERCI.
MOI, JE PRÉFÈRE LES ANIMES, PEU IMPORTE LE GENRE.
PERSONNE NE LE SAVAIT, EN CLASSE. J'EN AVAIS HONTE.
C'EST HYPER À LA MODE, IDIOTE !
J'AI PEUT-ÊTRE UNE PRÉFÉRENCE POUR LES HISTOIRES D'IDOLS...
...

DEUXIÈME QUESTION… AH, OUI !
MON PLAT NOSTALGIE, C'EST LE RAGOÛT DE VEAU…
MAIS PAS N'IMPORTE LEQUEL.
CELUI D'ARIELLE…
LA MAMAN D'AURORA.
ELLE SAVAIT QUE J'ADORAIS ÇA, ALORS ELLE M'EN CUISINAIT À CHAQUE VISITE.
ELLE LE RÉUSSISSAIT À LA PERFECTION, MÊME SI ELLE N'ÉTAIT PAS UN CORDON BLEU…
PAS VRAI, AURORA ?
JE DEVAIS ME FAUFILER HORS DE CHEZ MOI, CAR MAMAN N'AIMAIT PAS QUE JE FRÉQUENTE LES EDELWEISS.
ENFIN, ELLE N'AIMAIT PAS GRAND MONDE…
ELLE ÉTAIT PERSUADÉE QU'ON APPARTENAIT À UN CULTE SATANIQUE…
ET QU'ON PERVERTIRAIT SA FILLE.
COMPLÈTEMENT DÉLIRANT, HEIN ?
SES PROBLÈMES MENTAUX NE SONT PAS NOUVEAUX.
ALORS POUR MAMAN, AURORA ET SA MÈRE ÉTAIENT AUSSI DES DÉMONS ?
OUI !!
BIENVENUE AU CLUB !
JE NE PEUX PAS TE REPROCHER DE LUI EN VOULOIR. ELLE L'A MÉRITÉ.
QUANT À TA DERNIÈRE QUESTION …

JE NE SAIS PAS POURQUOI C'EST SI COMPLIQUÉ ENTRE NOUS.
OUI, J'AIME UN GARÇON ...
ET DEPUIS LONGTEMPS.
PARCE QUE TU NE LE LUI AS PAS AVOUÉ, PEUT-ÊTRE ?
SI TU ES SI SÛRE DE TOI, TU DEVRAIS LE LUI DIRE !
QU'EST-CE QUE TU ATTENDS ? LE TEMPS EST PRÉCIEUX, NE LE GÂCHE PAS !
LA PRESSION QUE TU ME METS !
SI JE M'ATTENDAIS À ATTERRIR DANS LA RUBRIQUE COURRIER DU CŒUR !
FAIS CE QUE JE DIS, PAS CE QUE JE FAIS, HEIN ?
MERCI, NADINE !
J'ESPÈRE QU'UN JOUR, TU POURRAS ME PARDONNER CE QUE JE T'AI INFLIGÉ...
RRR
FRRR
TOC
JE N'AI RIEN À TE PARDONNER !!
JE SUIS HEUREUSE D'AVOIR EU L'OCCASION DE TE CONNAÎTRE, MÊME DANS CES CONDITIONS...

PETITE SŒUR !
PFUIT
...
AURORA... TU CROIS QUE JE VAIS AUSSI OUBLIER ÇA ?
TU PRÉFÉRERAIS ?
C'EST DUR, MAIS...
JE VEUX ME RAPPELER QUE RUBY A EXISTÉ...
NON. MÊME SI J'AI TRÈS ENVIE DE PLEURER, J'AIMERAIS EMBRASSER CES SOUVENIRS.
ET AUSSI...
CE QUE TU AS FAIT POUR...
NE T'INQUIÈTE PAS DE ÇA POUR L'INSTANT.

ON PARLERA BIENTÔT DE TOUT ÇA.
JE VIENDRAI TE VOIR ET ON AURA UNE LONGUE DISCUSSION ...
SUR TOUT !
JE TE PRENDS AU MOT !
ZI IIM
BON...
C'EST L'HEURE DE RENTRER, ORION.
AURORA ...

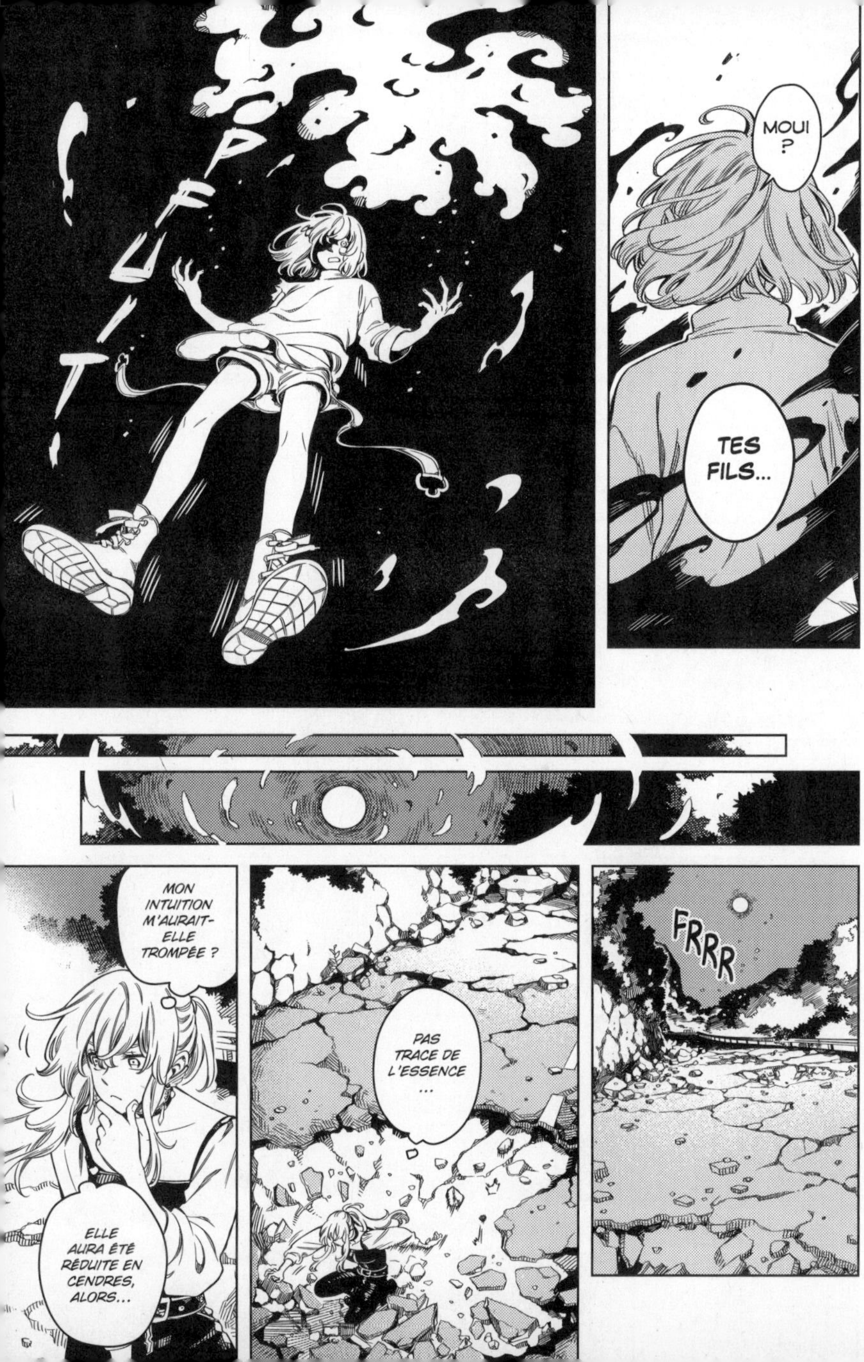
MOUI ?
TES FILS...
PFUIT
FRRR
MON INTUITION M'AURAIT-ELLE TROMPÉE ?
PAS TRACE DE L'ESSENCE ...
ELLE AURA ÉTÉ RÉDUITE EN CENDRES, ALORS...

ENFIN, JE N'Y PEUX PLUS RIEN.
KOF KOF
COMMENT VA-T-ELLE ?
SON ÂME SEMBLE AVOIR RÉINTÉGRÉ SON CORPS. ELLE A PRO-BABLEMENT QUELQUES OS FRACTURÉS.
RESTE À TROUVER COMMENT LA DÉPOSER DISCRÈTEMENT À L'HÔPITAL.
JE ME DISAIS...
QU'À PART LE DÉTAIL DES ONIRIOS QUI ONT DÉFERLÉ DANS CE MONDE...
LE PLAN DE LA GOSSE N'A PAS TROP MAL FONC-TIONNÉ.
TU TROUVES ?

ALORS POURQUOI N'EST-ELLE PAS REVENUE ?
PAR-DON ?
SILAS, AURORA SE MEURT...
...
ELLE EST...
EN TRAIN DE MOURIR ...
SOUS MES YEUX.
ELLE EST RESTÉE TROP LONGTEMPS DANS LES LIMBES.
ELLE SAVAIT CE QU'ELLE RISQUAIT. ELLE CONNAISSAIT LES CONSÉ-QUENCES.
ELLE DÉSIRAIT SAUVER SON AMIE PLUS QUE TOUT...
NON... ELLE N'EST PAS ENCORE PERDUE, PAS QUESTION...
JE PEUX ENCORE SUIVRE...
LA TRACE DE SON ÂME...

?!
MÊME SI C'EST LA DERNIÈRE CHOSE QUE JE DOIS FAIRE...
WOOOOOSH
ALORS... C'EST ÇA, LA MORT ?

JE NE VOIS NI N'ENTENDS...
PLUS RIEN.
ORION !!
AH ...
ORION ! OÙ ES-TU ?!
JUSTE ICI...
COMME TOUJOURS.
JE NE TE LAISSERAI PAS SEULE, AURORA.

MOURIR, ÇA FAIT MAL ?
LE PASSAGE DE TON ÂME D'UN MONDE À L'AUTRE, NON, TU L'AS BIEN VU.
EN REVANCHE, CEUX QUE TU LAISSERAS DERRIÈRE TOI SOUFFRIRONT FORCÉMENT.
ALORS J'ESPÈRE QUE NADINE OUBLIERA TOUT...
JE LUI SOUHAITE DE VIVRE SANS REGRETS ...
ET AUSSI D'AVOUER SES SENTIMENTS À LIAM.
ELLE NE DUPE PERSONNE... IL SUFFIT DE LA REGARDER, C'EST ÉCRIT SUR SON FRONT.
...
?
JE ME DEMANDE ...
SI MA MORT LA TOUCHERA.
LÀ, TU PARLES DE LIEZA, NON ?
HEIN ?!
QUOI ?!
NON ?
...

TOI AUSSI, C'EST ÉCRIT SUR TON FRONT.
DE QUOI TU PARLES ?!
DE RIEN. TU PERCUTERAS TOUTE SEULE.
C'EST UN ANGE, ALORS DIFFICILE DE DIRE À QUEL POINT ELLE SERA AFFECTÉE...
LES ÉMOTIONS NE SONT PAS EXACTEMENT SON FORT.
TAC
TAC
AH BON ? ELLE SAIT S'ÉNERVER, POURTANT.
CE N'EST PAS SI MAL D'ÉPROUVER CES VULGAIRES SENTIMENTS HUMAINS, TU SAIS ?
C'EST MARRANT, IL M'A FALLU VENIR JUSQU'ICI POUR RETROUVER LEUR CHALEUR.

TU AS CE QUE TU VOULAIS, NON ?
TU FONÇAIS TÊTE BAISSÉE CONTRE LES ONIRIOS...
DANS L'ESPOIR QUE L'UN D'EUX METTRAIT FIN À TA VIE.
TU VAS ENFIN TE DÉBARRASSER DE TON HUMANITÉ.
TA CHASSE AUX ESSENCES ÉTAIT UNE EXCUSE POUR MOURIR DIGNEMENT.
ALORS, DIS-MOI...
POURQUOI AS-TU SI PEUR, À PRÉSENT ?
JE NE SAIS PAS... C'EST ABSURDE.
COMME J'AI TOUJOURS ÉTÉ PLUS OU MOINS EN CONTACT AVEC LA MORT, JE SAIS QU'ELLE N'EST PAS UNE FIN...
MAIS VU D'ICI, TOUT EST DIFFÉRENT.
SANS MON HUMANITÉ, QUE RESTERA-T-IL DE MOI ?
DE MON ÊTRE, DE MES PENSÉES...
DE MES SENTIMENTS ?
TU N'Y ATTACHERAS PLUS D'IMPORTANCE.
JE CROYAIS ÊTRE PRÊTE...

MAIS JE NE PEUX PAS M'EMPÊCHER DE PENSER À TOUT CE QUE JE FERAIS SI JE REVENAIS.
PAR EXEMPLE ?
AVANT TOUT, RÉPARER MON AMITIÉ AVEC NADINE. POUR DE VRAI...
PAS EN JOUANT LA COMÉDIE DE CETTE DERNIÈRE ANNÉE.
TROUVER UN PETIT BOULOT SANS AUCUN LIEN AVEC LE SURNATUREL...
ET PUIS, C'EST BIENTÔT MON ANNIV...
ET J'AURAI BIENTÔT MON BAC.
JE VOUDRAIS AUSSI...
REVOIR LIEZA...
DANS MA PEAU D'HUMAINE.
MÊME SI JE NE SUIS QU'UN BOULET POUR ELLE...
AH, TE VOILÀ.

WOOOSH

OUF ...
QU'EST-CE QUE JE VAIS BIEN POUVOIR FAIRE DE TOI ?

TU N'AS VÉCU QUE SEIZE ANS...
À PEINE UN CINQUIÈME DE L'ESPÉRANCE DE VIE HUMAINE.
HEIN ?
MÊME SI TU NE LE VOIS PAS...
WOOOSH
ZAAAM
UN LONG CHEMIN DE VIE INEXPLORÉ S'ÉTEND ENCORE DEVANT TOI.
EST-CE VRAIMENT UNE BONNE IDÉE D'ABAN-DONNER MAINTE-NANT ?

TU EN AS DÉJÀ EU ASSEZ ?
NON ...
J'EN VEUX PLUS...
JE VEUX Y RETOUR-NER !
JE NE VEUX PAS DÉJÀ MOURIR !
ALORS, ON S'EN VA D'ICI !!

HEIN ?
TU AS BIEN AGI, AURORA.
JE VAIS T'ASSURER UN PASSAGE POUR QUE TU RENTRES SAINE ET SAUVE.
FRRRR

MADEMOISELLE LIEZA, ELLE S'EST RÉVEILLÉE.
TU NE POUVAIS PAS PASSER L'ARME À GAUCHE COMME ÇA...
CONTENTE DE TE REVOIR, MOI AUSSI.
LA MAUVAISE HERBE NE MEURT JAMAIS.
CE N'ÉTAIT PAS UN RÊVE ?
NADINE !!
ON A ÉLIMINÉ L'ONIRIO. ELLE EST JUSTE IN-CONSCIENTE.
IL S'EST PASSÉ PAS MAL DE CHOSES DE CE CÔTÉ PENDANT QUE TU FAISAIS LA SIESTE, MAIS ON S'EST BIEN OCCUPÉS D'ELLE.
QUEL SOULAGE-MENT...
HAA HAA
HAA HAA
HAA
HAA HAA
SI...
SILAS ...
HAA HAA

TENEZ BON, MADEMOISELLE LIEZA !
?
NON...
IMPOSSIBLE !!
DEPUIS COMBIEN DE TEMPS CACHEZ-VOUS ÇA ?!
HAA HAA
HAA HAA
VOTRE ESSENCE EST À BOUT !
HAA
QU...
QUELLE ESSENCE ?
HAA HAA
HAA HAA

Limbo

13. Lumière et ténèbres

SUS AUX HÉRÉTIQUES !!
ILS SONT FAITS COMME DES RATS !
PRENEZ MA MAIN, MADEMOI-SELLE LIEZA !

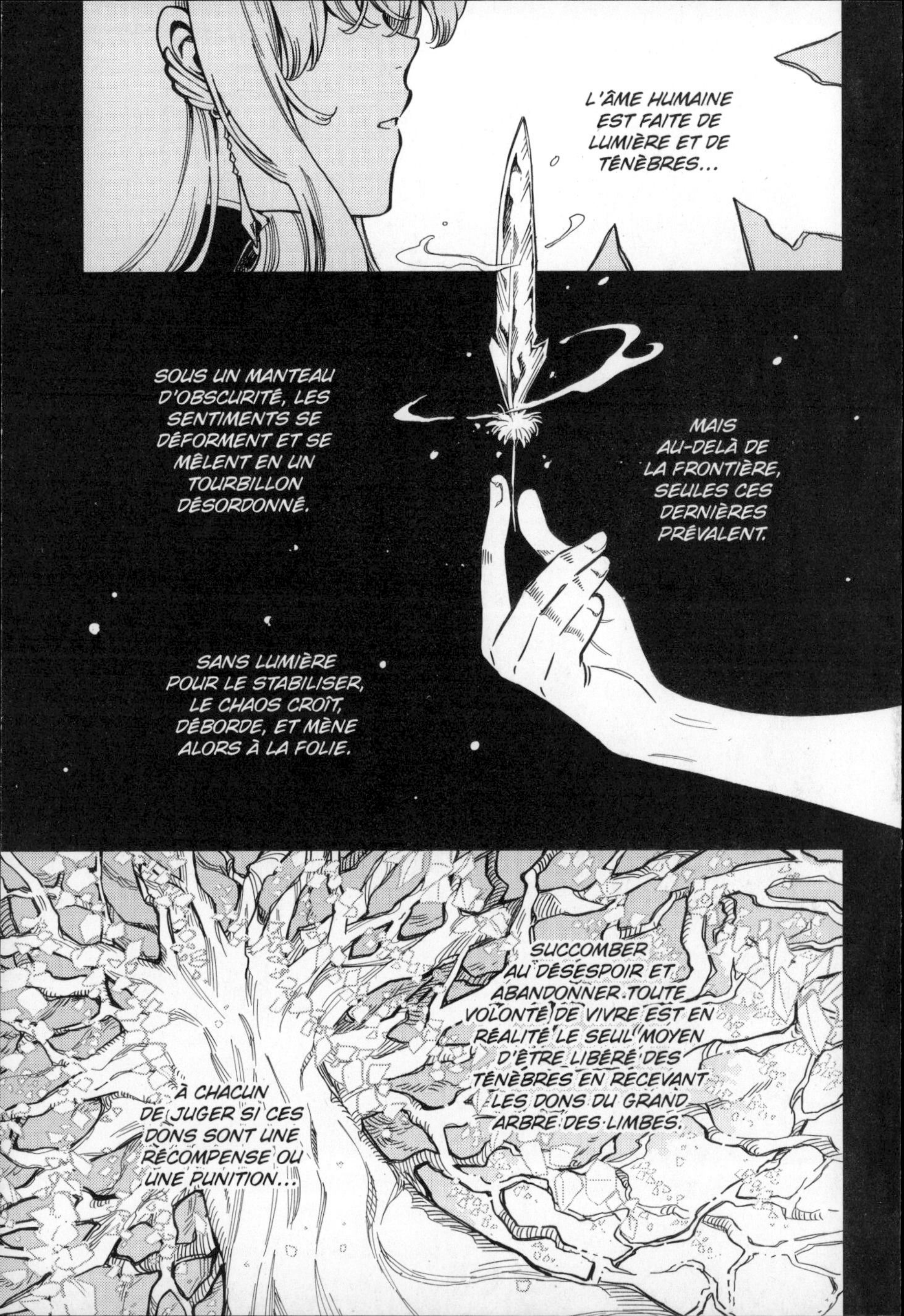

L'ÂME HUMAINE EST FAITE DE LUMIÈRE ET DE TÉNÈBRES...
SOUS UN MANTEAU D'OBSCURITÉ, LES SENTIMENTS SE DÉFORMENT ET SE MÊLENT EN UN TOURBILLON DÉSORDONNÉ.
MAIS AU-DELÀ DE LA FRONTIÈRE, SEULES CES DERNIÈRES PRÉVALENT.
SANS LUMIÈRE POUR LE STABILISER, LE CHAOS CROÎT, DÉBORDE, ET MÈNE ALORS À LA FOLIE.
SUCCOMBER AU DÉSESPOIR ET ABANDONNER TOUTE VOLONTÉ DE VIVRE EST EN RÉALITÉ LE SEUL MOYEN D'ÊTRE LIBÉRÉ DES TÉNÈBRES EN RECEVANT LES DONS DU GRAND ARBRE DES LIMBES.
À CHACUN DE JUGER SI CES DONS SONT UNE RÉCOMPENSE OU UNE PUNITION...

SANS OBSCURITÉ POUR LA LIMITER, LA LUMIÈRE EFFACE TOUT, ET RIEN NE PEUT EXISTER.
UN ANGE EST UNE COQUILLE VIDE, SANS IDENTITÉ PROPRE...
MUE PAR UNE AUTORITÉ SUPÉRIEURE.
QUAND J'AI TOUCHÉ L'ARBRE DE LA VIE, IL M'A TRANSMIS CE SAVOIR.
AURORA ...
TU TE DEMANDAIS QUELLE ÉTAIT L'ORIGINE PHYSIQUE DES ONIRIOS...
TU AS LA RÉPONSE SOUS LES YEUX.

UN ONIRIO ÉMERGE QUAND UN ANGE EST CORROMPU ...
PAR LES TÉNÈBRES DE SA PROPRE HUMANITÉ.

MÊME SI TU PERDS LE CONTRÔLE, PROMETS-MOI...
HAA
DE NE RIEN FAIRE DE MAL À PERSONNE.
HAA
HAA
TU NE FERAS...
QUE COMPLI-QUER...
HAA
LES CHOSES.
MADE-MOISELLE LIEZA...
LAISSEZ-MOI AU MOINS VOUS RENDRE CE QUE...
HAA
HAA
NON.
HAA
LAISSE TOMBER ...
JE SUIS FATIGUÉE ...
SILAS...
HAA
HAA
COMMENT LE POURRAIS-JE ?
POUR-QUOI ?
PARCE QUE TOUTE ESSENCE PRISE À UN ONIRIO DOIT ÊTRE RENDUE À L'ARBRE DE LA VIE.
ILS UTILISAIENT LES ESSENCES POUR PROLONGER L'EXISTENCE DE LIEZA...
LE PIRE CRIME QU'UN ANGE PUISSE COMMETTRE.

L'A...
L'ARBRE DE LA VIE ?
CE MAUDIT ARBRE DE CRISTAL, AU CŒUR DES LIMBES...
TU L'AS SÛREMENT VU, LÀ-BAS.
LES ESSENCES D'ÂMES SONT CRÉÉES EN SON SEIN.
UNE POIGNÉE D'ÂMES "PRIVILÉGIÉES" SONT ALORS CHANGÉES EN ANGES...
ELLES MAÎTRISENT LES SPECTRES ET ONT UN CORPS PHYSIQUE ADAPTÉ AUX DEUX MONDES.
C'EST-À-DIRE ?
CE SERAIT L'IDÉAL, SI LE PRIX DE CETTE "BÉNÉDICTION" N'ÉTAIT PAS SI ÉLEVÉ.
AFIN DE RENAÎTRE, ON EST D'ABORD DÉPOUILLÉS DE TOUT CE QU'ON ÉTAIT. ON EFFACE TOUT ET ON RECOMMENCE.
BREF, NOTRE EXISTENCE EN TANT QU'HUMAINS EST RÉDUITE À NÉANT.
IL NE PEUT DEMEURER AUCUNE TRACE DE NOS IDENTITÉS PRÉCÉDENTES ICI-BAS...
UNE FOIS TOUTE EMPREINTE DISPARUE, PERSONNE NE SE SOUVIENT DE NOUS.

LE TEMPS D'UN ANGE N'EN EST PAS MOINS COMPTÉ, ET VARIE D'UN INDIVIDU À L'AUTRE.
IL DÉPEND DE NOTRE RÉSISTANCE AU POUVOIR DE L'ESSENCE SOURCE DE NOTRE VIE.
LES ONIRIOS, EUX, ONT UNE EXISTENCE ÉTERNELLE SI PERSONNE N'Y MET FIN...
LES ANGES DOIVENT DONC JOUER LE RÔLE D'EXTERMINA-TEURS...
AFIN DE RÉCUPÉRER LES ESSENCES ET DE RENDRE LEUR ÉNERGIE À L'ARBRE DE LA VIE...
POUR DONNER NAISSANCE À DE NOUVEAUX ANGES ET PERPÉTUER LE CYCLE.
CETTE MARQUE... LA RUNE QUI CONSTITUE LE POINT VITAL DES ONIRIOS S'APPELLE AUSSI "STIGMATE DE L'ANGE".
SON APPARITION SIGNALE QUE LA FIN EST PROCHE, ET ENCLENCHE LE PROCESSUS DE DÉGRADATION.
QUAND NOTRE DÉTOURNEMENT D'ESSENCES A ÉTÉ DÉCOUVERT, NOUS AVONS ÉTÉ TRAQUÉS ET CONTRAINTS DE FUIR DANS CE MONDE.
MAIS ELLE EST INNOCENTE. MOI SEUL AI ENFREINT LES RÈGLES.
JE NE POUVAIS PAS ACCEPTER QU'ELLE FINISSE DE CETTE FAÇON...
PAS ELLE.

LES HUMAINS L'ONT TOUJOURS INTÉRESSÉE. ELLE SOUHAITAIT VIVRE PARMI EUX.
ELLE EST DIFFÉRENTE DES AUTRES ANGES...
ELLE A DES ANGOISSES ET DES DÉSIRS.
JE VOULAIS EXAUCER SON SOUHAIT, BIEN QU'IL DÉPASSE LES LIMITES DE MA COMPRÉHENSION.
VEILLER SUR ELLE EST MON UNIQUE RAISON DE VIVRE !
QU'EST-CE QUE J'AI FABRIQUÉ, TOUT CE TEMPS ?!
FRATCH
POUR-QUOI...

POURQUOI TU M'AS LAISSÉE FAIRE ÇA ?!
AURORA ?
PENDANT TOUT CE TEMPS, JE...
MERDE !
TU CROIS QUE TU PEUX DISPARAÎTRE, FIN DE L'HISTOIRE ?
JE NE T'AI MÊME PAS REMERCIÉE DE M'AVOIR SAUVÉE TANT DE FOIS...
DE MA PROPRE STUPIDITÉ !
AU DIABLE TOUT LE RESTE !
UNE ESSENCE D'ÂME !
OÙ L'AS-TU OBTENUE ?!

C'EST L'ESSENCE ...
DE RUBY.
ELLE A VOYAGÉ AVEC MOI JUSQUE DANS CE MONDE.
JE SUIS DÉSOLÉE.
DZIIIM

ZAAAM
SWIIISH
PFUIT
MADE-MOISELLE LIEZA !
ÇA FONC-TIONNE...
SWIIISH
LE PROCESSUS DE DÉGRADATION RÉGRESSE !

...
VOUS ÊTES TOUJOURS LÀ...
MA TRÈS CHÈRE DEMOISELLE LIEZA.
HÉ, OÙ TU VAS ?
JE SAIS À QUI CONFIER NADINE...
JE PARS CHERCHER UN TÉLÉ-PHONE.
VOUS FERIEZ MIEUX DE RESTER EN DEHORS DE CETTE AFFAIRE.
MAIS TOI AUSSI, TU...
JE VAIS BIEN.
JE GÈRE.
STATION-SERVICE

ON EST SORTIES SE BALADER EN FORÊT, ET ON S'EST PERDUES.
DANS LE NOIR, ON A EU UN PETIT ACCIDENT. NADINE A BESOIN DE SOINS. NON, RIEN DE GRAVE.
MERCI !
OUI, ELLE EST AVEC MOI.
JE PRÉFÉRERAIS ÉVITER QUE ÇA S'ÉBRUITE…
ON AVAIT DES TRUCS À TIRER AU CLAIR…
ALORS JE T'AI APPELÉ, LIAM.
CE QUI S'EST PASSÉ ENTRE NADINE ET MOI ? C'EST PERSONNEL.
ACCORDE-MOI UNE FAVEUR…

NE POSE PAS DE QUESTIONS.
VRROOM
ENFIN, LE JOUR SE LÈVE...
MAINTENANT QUE C'EST FINI, J'AI UN COUP DE MOU...
C'ÉTAIT CLAIREMENT LA NUIT LA PLUS LONGUE DE MA VIE.
ALORS, COMMENT ...
JE RENTRE CHEZ LIEZA ?
SPOF
TIENS, MON MANTEAU ?
AU FOND, ON N'EST PAS SI DIFFÉRENTS.

BIEN JOUÉ, RASE-MOTTE !
POU...

POURQUOI TU M'APPELLES COMME ÇA, D'UN COUP ?!
ET SUR CE TON AMICAL... C'EST FLIPPANT !
IL N'Y A PAS DE QUOI PLEURER !
OUIIIN !
JE NE PEUX PAS M'ARRÊTER... JE NE SAIS PAS POURQUOI...
TU ES JUSTE ÉPUISÉE. VIENS...
J'AI LES JAMBES EN COTON, JE NE SENS PLUS MON BRAS... ET SI JE RESTAIS MANCHOTE ?!
AUCUN RISQUE, TU PEUX LE BOUGER.
ARGH
J'AI DÉJÀ ÉTÉ CREVÉE, MAIS LÀ...
J'AI L'IMPRESSION QU'UN CAMION-POUBELLE M'A ROULÉ DESSUS !
QUELLE MÉTA-PHORE !
GNN
SNIF
DIS... POURQUOI TU TE DONNES TANT DE MAL POUR LA SAUVER ?
ÇA NE CADRE PAS AVEC CE QUE JE SAIS DES ANGES.

J'ÉTAIS UN PROJET D'ANGE QUI A RATÉ.
JE NE TOLÉRAIS PAS LE POUVOIR DE MON ESSENCE ET JE ME DÉGRADAIS À VITESSE GRAND V.
MADEMOISELLE LIEZA M'A TROUVÉ ET A SACRIFIÉ UNE PARTIE DE SON ESPRIT AFIN DE SCELLER MON STIGMATE.
JE SUIS ICI AUJOURD'HUI GRÂCE À ELLE.
ELLE M'A SAUVÉ.
LES ANGES NE BOUGENT JAMAIS LE PETIT DOIGT POUR PERSONNE. ELLE, ELLE N'A PAS HÉSITÉ, ET POUR UN INCONNU !
JE N'AIME PAS L'ADMETTRE, MAIS CELA A PROBABLEMENT ACCÉLÉRÉ SA PROPRE DÉGRADATION.
TU ES RESTÉ À SES CÔTÉS POUR LA PROTÉGER À CAUSE DE CETTE DETTE ?
AU DÉBUT, OUI.
AUJOURD'HUI, NOS LIENS SE SONT APPROFONDIS.
ELLE EST MON UNIQUE FAMILLE...
COMME... UN PARENT...
BIEN QUE CE CONCEPT N'EXISTE PAS CHEZ LES ANGES.
JE FERAIS N'IMPORTE QUOI POUR ELLE.

...
LA NUIT FUT TRÈS LONGUE, EN EFFET.
ÇA Y EST, ELLE EST K.-O.
STAP
FRATCH
TU POURRAIS ÊTRE UN PEU PLUS DISCRET...

BELLAMY.
PERSONNE NE M'A REMARQUÉ.
JE SUIS LA DISCRÉTION MÊME, FRÉROT...
BON. PAR CHANCE, TU N'AS PAS EU BESOIN D'INTERVENIR.
TU ES SÉRIEUX ?
LA SITUATION EMPIRE DE MINUTE EN MINUTE...
FAUTE D'ACTION DE NOTRE PART !
CES MONSTRES SONT DÉJÀ PARMI NOUS...
ILS ONT FRANCHI UNE FISSURE ET ATTAQUENT LES HUMAINS ...
MAINTENANT QU'ILS ONT TROUVÉ COMMENT FAIRE, ILS NE SONT PAS PRÈS D'ARRÊTER.
ON EN DISCUTERA PLUS TARD, BEL...
MONTE. ON DOIT EMMENER NADINE À L'HÔPITAL.

TU NE VOIS PAS QUE C'EST LE PROBLÈME, LIAM ?
JE SUIS SÛR QUE TU ES D'ACCORD.
SI ON AVAIT ÉLIMINÉ LIEZA GARLAND QUAND ON EN A EU L'OCCA-SION.
ON N'EN SERAIT PAS LÀ...
D'EN FAIRE TON BRAS DROIT AU BUREAU DES ÉLÈVES POUR LA SURVEILLER DE PRÈS ?
ÇA VALAIT VRAIMENT LA PEINE...
TU AS RISQUÉ TA RELATION AVEC NADINE POUR UNE ILLUSION.
VLAM
ÇA N'AURAIT PAS DÛ SE PASSER AINSI...
JE NE VOULAIS SURTOUT PAS QUE NADINE SOIT MÊLÉE À CE CONFLIT.

MAIS EN FINIR AVEC LIEZA CE JOUR-LÀ...
N'AURAIT ÉTÉ QUE RECULER POUR MIEUX SAUTER.
ET PUIS...
QU'EST-CE QUE ÇA AURAIT FAIT DE NOUS ?
SI JE M'ÉTAIS SALI LES MAINS DE CETTE FAÇON, JE N'AURAIS PLUS JAMAIS OSÉ REGARDER NADINE EN FACE.
ON AURAIT ATTEINT LE POINT DE NON-RETOUR.
JE REFUSE DE FRANCHIR CETTE LIGNE AVANT QUE CE SOIT INÉVITABLE.
DONC ON RESTE LES BRAS CROISÉS ?
ON DEVRAIT POUVOIR EXPLOITER LA SITUATION ...
PARFOIS, ON EST FORCÉ DE S'APPROCHER DU PRÉCIPICE POUR PROVOQUER UN VRAI CHANGEMENT.

TU VEUX CONVAINCRE CES FOSSILES FRIQUÉS...
EN LES JETANT DANS LA GUEULE DU LOUP...
C'EST TORDU, MAIS JE NE VOIS PAS D'AUTRE SOLUTION.
...
PROBLÈME : ÇA REVIENDRA TÔT OU TARD AUX OREILLES DE PAPA, ET LÀ, CE SERA LE DRAME.
CE QU'ON A FABRIQUÉ DANS SON DOS NE LUI PLAIRA PAS.
VROOOM
CUI CUI
CUI
CUI
TOC TOC

...
QU'EST-CE QUE JE LUI DIS ?
JE PARIE QU'ELLE A OUBLIÉ...
OH...
NADINE, MON TRÉSOR...
REGARDE QUI EST LÀ !
TOUT CE QUI S'EST PASSÉ DE L'AUTRE CÔTÉ.

OU PAS ?
JE M'ÉTAIS FAITE À L'IDÉE DES FANTÔMES, MAIS LÀ, C'EST UN TRUC DE FOU...
ILS NE SÈMENT PAS DES ESSENCES, CE SONT LEUR CŒUR...
ET LES SPECTRES SONT DES ARMES NÉES DE L'ÉNERGIE DE L'ÂME...
RIEN D'AUTRE NE PEUT BLESSER CES MONSTRES.
DES MONSTRES QUI DÉVORENT LES ÂMES, DÉFORMENT LE RÉEL, SÈMENT DES ESSENCES... ET DES ANGES QUI LES RÉCUPÈRENT !!
ET LE COUP DES "SPECTRES", JE N'AI PAS COMPRIS.
DÉSOLÉE...
SI C'EST UN POUVOIR RÉSERVÉ AUX ANGES...
POURQUOI TU L'AS ?
BONNE QUES-TION.
JE SUIS UN OVNI, SUR TOUS LES PLANS.
JE T'AVAIS PRÉVENUE, C'EST LA PAGAILLE. TU VEUX UN SCHÉMA ?
J'AI PIQUÉ UNE SERVIETTE À LA CAFÈT.
J'ÉTAIS PRÉPARÉE !
PAS BESOIN...
DONNE-MOI JUSTE UNE MINUTE POUR TOUT DIGÉRER.
SÛRE ?

DONC, L'ESPRIT DE MA SŒUR S'EST TRANSFORMÉ EN L'UNE DE CES CRÉATURES...
COMMENT ELLES S'APPELLENT, DÉJÀ ?
DES ONIRIOS.
AH, OUI.
UN TRUC M'ÉCHAPPE ...
POURQUOI J'AI OUBLIÉ LE JOUR OÙ JE T'AI DIT TOUTES CES HORREURS ?
JE NE ME RAPPELAIS MÊME PAS LE NOM DE RUBY...
JUSQU'À CETTE NUIT, QUAND ELLE M'A POSSÉDÉE.
"T'ES-TU DÉJÀ DEMANDÉ...
QUEL MAL RÉEL LES DISTORSIONS PROVOQUENT...
DANS TON MONDE ?"
QUAND ELLE A REÇU L'ESSENCE D'ÂME QUI L'A CHANGÉE EN ONIRIO, IL S'EST PRODUIT UNE DISTORSION...
QUI A EFFACÉ SON EXISTENCE DE CE MONDE...
JE CROIS.
MA MÈRE A EU SON PREMIER ÉPISODE PSYCHOTIQUE À CETTE ÉPOQUE...
MADAME ALCARAZ ?
RUBY ?
ET ELLE EST INTERNÉE DEPUIS.
ET DANS SON DÉLIRE, ELLE N'ARRÊTE PAS DE PARLER DE RUBY...
RUBY EST LÀ ?
NON, MAIS VOTRE FILLE NADINE ARRIVE BIENTÔT !
QUI ÇA ?

ENTRER EN CONTACT AVEC CET ONIRIO...
A DÛ RESTAURER L'EXISTENCE DE RUBY DANS TA MÉMOIRE.
OU UNE PUNITION DIVINE, SI DIEU EXISTE.
HMM.
APRÈS L'AVOIR RENIÉE PENDANT SES TREIZE ANNÉES DE VIE...
C'EST POUR LE MOINS IRONIQUE...
C'EST DU PASSÉ.
ENFIN, ÇA N'EXCUSE PAS CE QUE JE T'AI FAIT.
TOI, EN REVANCHE, TU N'AS JAMAIS OUBLIÉ MA SŒUR...
ET CETTE DISSONANCE DANS NOS SOUVENIRS NOUS A EMPÊCHÉES DE COMMUNIQUER...
SA COLÈRE RESTE GRAVÉE DANS MON CORPS...
J'AI POIGNARDÉ LIEZA, MAIS EN RÉALITÉ, MA CIBLE ÉTAIT MA MÈRE...
ET JE SENS QUE SI VOUS NE M'AVIEZ PAS ARRÊTÉE À TEMPS...
ELLE EST REDEVENUE ELLE-MÊME ET EST PARTIE AVEC LE SOURIRE. C'EST TOUT CE QUI COMPTE.
TU AS SOULAGÉ SA DOULEUR, ET ELLE EXISTERA TANT QUE TU TE SOUVIENDRAS D'ELLE...
MÊME SI TU ES LA SEULE.

J'AURAIS FINI...
PAR LA TUER...
DE MES MAINS.
GRIP
?
C'EST TERMINÉ.
NE RESSASSE PAS CETTE HISTOIRE, OU ÇA TE RENDRA FOLLE.
AURORA...
TON BRAS...
TE FAIT MAL ?
AH, NON, CE N'EST RIEN...
TU VOIS ? NE T'INQUIÈTE PAS.
IL ME RESTERA PEUT-ÊTRE QUELQUES CICATRICES ...
MAIS PAR CHANCE, IL NE PERDRA PAS EN MOBILITÉ.
TU AS PLUS MORFLÉ QUE MOI.
CE NE SONT QUE QUELQUES FRACTURES. JE SERAI COMME NEUVE D'ICI QUELQUES SEMAINES.

QU'EST-CE QU'IL Y A ?
...
C'EST JUSTE ...
LA PREMIÈRE FOIS DEPUIS DES MOIS...
QU'ON PARLE À CŒUR OUVERT.
AH ÇA, OUI !
LE GROS MÉLO !
HÉ HÉ !
HA HA !
JE DOIS Y ALLER...
JE RE-VIENDRAI DEMAIN !
AURORA ...
SI TU VOIS LIEZA...
TU POURRAS LUI DIRE QUE JE SUIS DÉSOLÉE ?
BIEN SÛR.

CL
AC
POF
ELLE EST TOUT À TOI.
À QUOI TU PENSES ?
AURORA ?

NADINE EST TROP BONNE POUR CE MONDE.
ELLE SERA INCAPABLE D'EN VOULOIR À SA MÈRE...
MÊME EN SACHANT LE MAL QU'ELLE A FAIT À LEUR FAMILLE.
ELLE LUI RENDRA TOUJOURS VISITE ET SE SOUCIERA D'ELLE...
MAIS MOI, JE NE SUIS PAS AUSSI CLÉMENTE.
CETTE FEMME NE MÉRITE QU'UNE CHOSE, POURRIR EN ENFER !

COUCOU.
HMM
?!
QUE S'EST-IL PASSÉ ?!
TU AS DORMI COMME UN BÉBÉ PENDANT TROIS JOURS.
T'INQUIÈTE, SILAS M'A TOUT RACONTÉ. IL N'A PAS EU LE CHOIX...
L'ESSENCE ÉTAIT TOMBÉE DE MON CÔTÉ...
ON S'EN EST SERVIS POUR TE SAUVER.

PAF
ALORS ...
TU SAIS TOUT.
...
TU AURAIS DÛ M'EN PARLER !
JE ME SENS HYPER MAL DE M'ÊTRE MISE EN TRAVERS DE TA ROUTE.
JE N'AIME PAS TROP ÉVOQUER LE SUJET.
JE NE SUIS QU'UN MONSTRE ...
DÉGUISÉ EN HUMAINE.
TU SAIS...
L'HOMME EST PARFOIS UN MONSTRE BIEN PIRE POUR L'HOMME.
?
QU'EST-CE QUE TU FAIS ?

!
TU SAIS CE QUE C'EST ?
POURQUOI TU AS APPORTÉ CE COFFRET ICI ?!
TU AS JOUÉ CARTES SUR TABLE. IL ME SEMBLE JUSTE DE TE MONTRER AUSSI MON JEU.
ALORS J'AIMERAIS QUE TU SACHES, TOI AUSSI, CE QUI M'A POUSSÉE À VOULOIR CHASSER LES ESSENCES D'ÂME.
UNE LETTRE SANS EXPÉDITEUR NI DESTINATAIRE ?
UN JOUR, IL Y A CINQ ANS, MA MÈRE EST SORTIE ET N'EST JAMAIS REVENUE.
QUAND J'AI RETROUVÉ CE COFFRE CACHÉ DANS NOTRE ANCIENNE MAISON...
J'AI PENSÉ QUE C'ÉTAIT UNE SORTE DE PISTE, UN MYSTÈRE À RÉSOUDRE QU'ELLE M'AVAIT LAISSÉ.
J'AI FINI PAR M'EN PERSUADER, CAR J'AVAIS BESOIN D'Y CROIRE.
...
DANS L'AUTRE MONDE, ORION M'A DIT...

QUE JE FONÇAIS TÊTE BAISSÉE CONTRE LES ONIRIOS...
CAR JE CHERCHAIS UN MOYEN DE MOURIR.
!
MAIS C'ÉTAIT TOUT LE CONTRAIRE !!
EN FAIT, JE CHERCHAIS DÉSESPÉRÉMENT UNE RAISON DE VIVRE...
ET JE ME SUIS ACCROCHÉE À L'IDÉE QUE LES ESSENCES ME MÈNERAIENT À LA VÉRITÉ SUR LA DISPARITION DE MA MÈRE.
HA HA !
QUAND J'Y RÉFLÉCHIS, C'EST RIDICULE...
JE N'AI MÊME PAS LA PREUVE QUE C'EST ELLE QUI A ÉCRIT CETTE LETTRE...
ET IMPOSSIBLE DE SAVOIR DEPUIS QUAND CE COFFRE ÉTAIT CACHÉ LÀ.
sans doute mes derniers instants de
lucidité avant la fin, mais je dois te révéler
chose très importante...
Il existe des objets spirituels nommés "es
d'âme"... Je ne suis malheureusement
mesure de te donner plus d'informati
sujet, excepté une seule : il est vital
gardes et que tu les protèges jusqu
où nous pourrons nous revoir...
cas ce que je souhaite de tout
pour que tu trouves
JE ME REFUSAIS SIMPLEMENT À ADMETTRE QU'ELLE M'AVAIT ABANDONNÉE, COMME ON ME L'AFFIRMAIT...
ET J'AI INVENTÉ TOUTE CETTE HISTOIRE QUI M'ARRANGEAIT BIEN.

QU'EST-CE QU'IL Y A AU FOND ?
AH, J'AVAIS COMPLÈTEMENT OUBLIÉ !
C'EST, EUH...
UNE ESPÈCE DE PLUME CRISTALLISÉE ?
OÙ TU L'AS TROUVÉE ?!
BEN, ELLE ÉTAIT DANS LE COFFRE !
AVEC LA LETTRE, ET RIEN D'AUTRE...
TU SAIS CE QUE C'EST ?
UNE ESSENCE D'ÂME...
OU CE QU'IL EN RESTE.
QUOI ?!

J'AI CRU QUE C'ÉTAIT LA MÊME... MAIS SI CELLE-CI ÉTAIT DANS LE COFFRE, C'EST IMPOSSIBLE.
QUOI ?
JE LE SAIS, CAR J'EN AVAIS UNE IDENTIQUE À MON ARRIVÉE DANS CE MONDE.
IL DOIT EN EXISTER AU MOINS DEUX.
ON NE DIRAIT PAS, CAR ELLE NE CONTIENT AUCUNE ÉNERGIE SPIRITUELLE ...
À CE STADE, ELLE N'EST QU'UN RÉCEPTACLE VIDE.
SI TU REGARDES BIEN, TU Y VERRAS LA MARQUE TÉNUE DU STIGMATE.
LA MIENNE PORTAIT LA MÊME RUNE, INVERSÉE.
C'EST COMME SI ELLES ÉTAIENT DEUX MOITIÉS D'UN TOUT...
DEUX ESSENCES QUI SE COMPLÈTENT.

C'EST SUPER ROMANTIQUE !
?!
TU PEUX ME LA MONTRER ?
JE NE L'AI PLUS...
QUAND SILAS ET MOI AVONS ATTERRI ICI, UN ONIRIO S'EST GLISSÉ PAR LA FISSURE ET NOUS A ATTAQUÉS.
ON A ÉTÉ SÉPARÉS, JE NE SAIS PLUS COMMENT, ET J'AI PERDU CONNAISSANCE UN MOMENT...
JE ME SUIS RÉVEILLÉE DANS LA FORÊT, ET L'ESSENCE AVAIT DISPARU.
AURORA, JE NE CROIS PAS QUE TON HISTOIRE SOIT DÉLIRANTE...
AH NON ?
QUAND TA MÈRE EST APPARUE PENDANT LE COMBAT DU MUSÉE, IL M'A SEMBLÉ...
L'AVOIR DÉJÀ VUE QUELQUE PART.
JE N'EN ÉTAIS PAS SÛRE, MAIS À PRÉSENT ...

TOUT CONCORDE.
OÙ VEUX-TU EN VENIR ?
LIEZA...
JE TE RÉPÈTE QUE JE L'AI VUE.
J'AI VU TA MÈRE JUSTE AVANT DE FRANCHIR LA FISSURE VERS CE MONDE...
ET ELLE M'A DONNÉ L'ESSENCE JUMELLE DE CELLE-CI.

HA
SI ELLE ÉTAIT LÀ-BAS, ALORS ELLE EST VRAIMENT MORTE. AU MOINS, J'AI CETTE CERTITUDE.
MOI QUI CROYAIS À LA POSSIBILITÉ QU'ELLE SOIT EN VIE...
CACHÉE QUELQUE PART SUR TERRE !
QUELLE IDIOTE !
QUELQUE CHOSE ME DIT QUE CE N'EST PAS AUSSI SIMPLE...
ELLE NE T'A PAS ABANDONNÉE SANS RAISON.
C'EST GENTIL D'ESSAYER DE ME CONSOLER.
QUOI ?
MAIS NON, JE...
...
ELLE S'EST FERMÉE COMME UNE HUÎTRE.
C'EST BON, LAISSONS CE SUJET DE CÔTÉ.
IL PASSE AU SECOND PLAN, J'AI PLUS IMPORTANT EN TÊTE POUR L'INSTANT.

JE SUIS PLUS LUCIDE QUE JAMAIS.
REVENIR DE LA MORT M'A OUVERT LES YEUX...
ÇA Y EST, TU REPARS DANS TES DÉLIRES !
ON VIENT D'APPRENDRE QUE NOTRE RENCONTRE ÉTAIT EN QUELQUE SORTE PRÉDESTINÉE !
APRÈS CE QUI EST ARRIVÉ À TON AMIE, TU CONTINUES À PRENDRE TOUT ÇA POUR UN JEU ?
JE PRENDS CETTE HISTOIRE TRÈS AU SÉRIEUX.
DEPUIS LA NUIT DERNIÈRE, CETTE VILLE EST TRUFFÉE D'ONIRIOS. C'EST LE CÔTÉ POSITIF DE L'HISTOIRE.
POSITIF ? QU'EST-CE QUE TU RACONTES ?!
ET ELLE N'AURAIT AUCUN SEL SANS TOI...
OR, TU AS BESOIN D'ESSENCES POUR SURVIVRE.
QUOI ?
JE COMPTE BIEN T'ÉVITER DE FINIR TES JOURS DANS LA PEAU D'UN MONSTRE.

JE VAIS DEVENIR PLUS FORTE ET BOTTER LES FESSES DE TOUS LES ONIRIOS QU'IL FAUDRA !
ET PROTÉGER TOUS LES HUMAINS QU'ILS METTENT EN DANGER ?
OUI, MAIS ÇA AUSSI, C'EST SECONDAIRE.
TU TE FATIGUE-RAIS POUR RIEN...
L'EFFET DES ESSENCES SE DISSIPE CHAQUE FOIS PLUS VITE. AU BOUT D'UN MOMENT, ELLES N'AURONT PLUS AUCUN EFFET.
MA FIN EST DÉJÀ ÉCRITE.
ALORS, JE TROUVERAI UN AUTRE MOYEN DE TE SAUVER...
ET JE RÉÉCRIRAI CETTE FIN.
C'EST MA DÉCISION.
QUOI ?!
N'IMPORTE QUOI ! C'EST INSENSÉ !

POURQUOI TU TE DONNERAIS TOUT CE MAL ?
JE NE SUIS RIEN POUR TOI !
POUR-QUOI...
TU AS TELLEMENT BESOIN D'UNE RAISON ?
TU M'AS SAUVÉ LA VIE, C'EST NATUREL QUE...
NON.
CE N'EST PAS POUR ÇA.

JE NE VEUX PAS QUE TU DISPARAISSES, C'EST TOUT.
INSENSÉ OU PAS, JE M'EN MOQUE...
JE SUIS HUMAINE, ET VOILÀ CE QUE JE RESSENS.
FAIS CE QUE TU VEUX...
DISCUTER AVEC TOI ME FATIGUE.
...
HÉ HÉ !
POURQUOI TU RIS ?
TU ES ADORABLE.
TAIS-TOI...
TAGADA TAGADA TAGADA

VLAM
STUPIDE PELUCHE !
JE T'AI INTERDIT DE TOUCHER AUX AFFAIRES DE MADEMOISELLE LIEZA SANS PERMISSION !
JE NE SUIS PAS UNE PELUCHE !
AURORA ! IL Y A UNE CHAMBRE AVEC UN ÉCRAN GÉANT ET DES TONNES DE JEUX VIDÉO !
AHEM... ON VOUS DÉRANGE ?
OUI.
NON !
...
REGARDE, AURORA !
?
TAC
TAC
LE COFFRE AUX ESSENCES FAIT UN BRUIT BIZARRE !
C'EST VRAI...
WOOSH
ÇA VIENT DE CECI...
HEIN ?!

MES ESSENCES D'ÂME !
TII
ING
ELLES... FUSIONNENT ?!
ZA
SH
ZAAM
TC HAC

BAAM
ORION ?!
HEIN ?
EN EFFET, CE N'EST PAS UNE PELUCHE...
ORION, TON CORPS...

QUE...
QUE S'EST-IL PASSÉ ?
chroniquesdelalunenebuleuse.net
TAC TAC TAC TAC TAC
Le labyrinthe de la culpabilité
HMM...
RIEN À FAIRE...
CETTE FOIS, JE SUIS ARRIVÉ TROP TARD.
TAC TAC TAC
ON DIRAIT QUE LE PREMIER ACTE S'EST ACHEVÉ...

MAIS IL N'AURAIT PU AVOIR MEILLEUR DÉNOUEMENT.
CRAC

Limbo

13.5 Tant de choses à se dire

QU'EST-CE QUE TU FAIS ?
J'EN AI MARRE D'ÊTRE CLOUÉE AU LIT.
MA JAMBE EST MOINS DOULOUREUSE, ALORS J'ESSAYAIS DE MARCHER UN PEU.
TU VAS TE FAIRE MAL... APPUIE-TOI SUR MOI !
NON MERCI, J'Y ARRIVE SEU...
OUILLE !!
QUELLE TÊTE DE MULE !
ENCORE CETTE TÊTE !
JE N'Y PEUX RIEN, JE ME SENS RESPONSABLE DE CE QUI T'EST ARRIVÉ...

...
POURQUOI TU EN SERAIS RESPONSABLE ?
...
C'EST TOUJOURS PAREIL, AVEC TOI.
TU PARAIS SUR LE POINT D'AVOUER QUELQUE CHOSE, ET FINALEMENT, TU TE TAIS.
C'EST UN POIL FRUSTRANT, TU SAIS !
JE NE SORS PAS AVEC LIEZA GARLAND.
HEIN ?
NI AVEC PERSONNE. CE NE SONT QUE DES RAGOTS SANS FONDEMENT.
TU SAIS QUE LES GENS ADORENT LES POTINS...
AH...
ATTENDS UNE MINUTE ! POURQUOI TU TE JUSTIFIES D'UN COUP ?
ON EST JUSTE COLLÈGUES AU BUREAU DES ÉLÈVES.
JE PENSAIS QUE ÇA T'INTÉRESSAIT, VU QUE TU NE NOUS LÂCHES PAS DES YEUX...

N'IMPORTE QUOI !
AH BON ?
QU'EST-CE QUE TU TRIMBALLES LÀ-DEDANS ?
J'AI DÛ RÊVER, ALORS...
VA TE FAIRE...
ILS VONT TE GARDER ENCORE QUELQUES JOURS. J'AI PENSÉ QUE TU DEVAIS T'ENNUYER...
ALORS JE T'AI APPORTÉ QUELQUES LIVRES ET MA TABLETTE...
J'AI TÉLÉCHARGÉ UNE SÉLECTION DE FILMS QUI DEVRAIENT TE PLAIRE.
CE CULOT !
TU CROIS ME CONNAÎTRE PAR CŒUR ?
HÉ HÉ !
!
QUE DES FILMS D'AMOUR...
TU AS RAISON, NADINE. IL Y A TANT DE CHOSES QUE J'AIMERAIS TE DIRE...

JE SUIS DÉSOLÉ SI C'EST PARFOIS DÉCONCERTANT POUR TOI.
LE MONDE EST CHAQUE JOUR PLUS INSTABLE, DES HEURES SOMBRES SE PROFILENT...
MAIS POUR LE MOMENT, C'EST IMPOSSIBLE.
ET JE N'AI QU'UN SEUL SOUHAIT : TE GARDER SAINE ET SAUVE.
JE TE PROMETS QU'UN JOUR, J'AURAI LE POUVOIR DE CHANGER LES CHOSES...
ET LÀ, JE TE RACONTERAI TOUT.
PAS LA PEINE...
JE N'AI PAS BESOIN DE TOUS LES DÉTAILS.
JE SAIS QUE DE TOUTE FAÇON...
TU SERAS TOUJOURS DU CÔTÉ DES GENTILS.

SI TU ES SI SÛRE DE TOI, TU DEVRAIS LE LUI DIRE !
QU'EST-CE QUE TU ATTENDS ? LE TEMPS EST PRÉCIEUX, NE LE GÂCHE PAS !
...
CE SERAIT TELLEMENT PLUS SIMPLE SI TOUT CECI ÉTAIT UNE QUESTION DE BIEN ET DE MAL.
LIAM...
MOI AUSSI, J'AI UN TRUC À TE DIRE.
J'AI DÉCIDÉ QUE DÉSORMAIS, JE NE ME MENTIRAIS PLUS À MOI-MÊME.
JE NE VEUX PAS UN JOUR REGRETTER DE NE PAS AVOIR ÉCOUTÉ MON CŒUR...
MAIS JE N'AI PAS L'INTENTION DE ME RÉPÉTER, ALORS OUVRE GRAND TES OREILLES...
JE SUIS TOUT OUÏE.

À suivre…

Limbo

RENDEZ-VOUS...
DANS
LE TOME 3 !

BOM
DIS DONC ?! ENCORE EN TRAIN DE PIQUER DES ESSENCES DERRIÈRE MON DOS ?!
QUOI ?!
AH, EUH... OUI...
C'EST ÇA, TOUT À FAIT, TU AS VU JUSTE !

DÉDICACES

REMERCIEMENTS

À HECTOR POUR SA PATIENCE DE SAINT,
À NANA POUR AVOIR TOUJOURS ÉTÉ LÀ,
À GOLDY ET JUDITH POUR LEURS CRITIQUES,
À MES PLUS ANCIENS LECTEURS QUI ONT FAIT TOUT LE CHEMIN AVEC MOI
ET AUX NOUVEAUX QUI SE JOIGNENT À NOUS,
À L'ÉQUIPE DE PLANETA MANGA POUR TOUT SON TRAVAIL.

MERCI POUR VOTRE SOUTIEN !